अमीर बनने का विज्ञान

अमीर बनने का विज्ञान

वॉलेस डी. वॉटल्स

प्रभात पेपरबैक्स
www.prabhatbooks.com

प्रकाशक

प्रभात पेपरबैक्स

4/19 आसफ अली रोड, नई दिल्ली–110002

फोन : 23289777 • हेल्पलाइन नं. : 7827007777

इ-मेल : prabhatbooks@gmail.com ❖ वेब ठिकाना : www.prabhatbooks.com

संस्करण

प्रथम, 2021

अनुवाद

श्वेता भट्ट

अ.मा.पु.स. 978-93-90378-37-1

AMEER BANANE KA VIGYAN
by Wallace D. Wattles
(Hindi translation of 'THE SCIENCE OF GETTING RICH')

Published by **PRABHAT PAPERBACKS**
4/19 Asaf Ali Road, New Delhi-110002

ISBN 978-93-90378-37-1

प्रस्तावना

यह पुस्तक यथार्थवादी है, दार्शनिक नहीं; यह एक व्यावहारिक पुस्तिका है, सिद्धांतों के ऊपर कोई ग्रंथ नहीं। यह उन स्त्रियों व पुरुषों को ध्यान में रखकर लिखी गई है, जिनके लिए धन सबसे बड़ी आवश्यकता है; जो पहले धनवान् बनना चाहते हैं, उसके बाद दर्शन की ओर ध्यान देना चाहते हैं। यह उनके लिए है, जिन्हें अब तक न समय मिला है, न साधन और न ही अवसर कि वे अध्यात्म विज्ञान का गहराई से अध्ययन कर सकें, लेकिन फिर भी वे परिणाम चाहते हैं और विज्ञान के द्वारा निकाले गए निष्कर्षों को अपनी क्रियाओं का आधार बनाने के लिए तैयार हैं—बिना उन प्रक्रियाओं से गुजरे, जिनसे ये निष्कर्ष निकाले गए हैं।

आशा करता हूँ कि पाठक विश्वास एवं श्रद्धा पर दिए मौलिक वक्तव्यों को भी उसी गंभीरता से लेंगे, जैसे वे एक विद्युतीय क्रिया के सिद्धांत से संबंधित वक्तव्यों को लेते, यदि वे मार्कोनी या एडिसन द्वारा प्रवर्तित किए गए होते और विश्वास के ऊपर दिए वक्तव्यों को गंभीरता से लेते हुए वे बिना किसी भय या हिचकिचाहट के उन पर कार्य करते हुए उनका सत्य प्रमाणित करेंगे। प्रत्येक स्त्री या पुरुष, जो ऐसा करेगा, निश्चित रूप से धनवान् हो जाएगा; क्योंकि यहाँ लागू किया गया विज्ञान बिल्कुल सटीक है और इसका असफल होना असंभव है। हालाँकि उन

लोगों के लाभ के लिए, जो आध्यात्मिक सिद्धांतों की जाँच-पड़ताल करना चाहते हैं, ताकि वे विश्वास के प्रति एक तर्कसंगत आधार प्राप्त कर सकें, मैं कुछ उदाहरण प्रस्तुत करता हूँ।

इस ब्रह्मांड का वेदांतिक सिद्धांत है कि उस एक में सब हैं और सब में वह एक है; वह एक तत्त्व, जो भौतिक संसार के अनेक प्रतीयमान तत्त्वों में प्रकट होता है, हिंदू मूल का है और दो सौ वर्षों से धीरे-धीरे पश्चिमी दुनिया में अपना स्थान बनाता जा रहा है। वह सभी प्राच्य (ओरिएंटल) दर्शन-शास्त्रों का आधार है।

वह पाठक, जो इसके आध्यात्मिक आधार में गहराई से जाना चाहता है, उसे मैं हेगेल और एमर्सन को स्वयं पढ़ने की सलाह देता हूँ।

इस पुस्तक को लिखते समय मैंने सादगी व सरल शैली के अलावा और किसी चीज पर ध्यान नहीं दिया है, ताकि सब इसमें लिखी बातों को समझ पाएँ। इसमें निर्धारित कार्य-योजना दर्शन-शास्त्र के निष्कर्षों पर आधारित है। इनका भली-भाँति परीक्षण किया गया है और ये वास्तविक प्रयोग की उच्चतम परीक्षा से भी गुजर चुके हैं, ये उपाय काम करते हैं। यदि आप जानना चाहते हैं कि ये निष्कर्ष कैसे निकाले गए तो ऊपर उल्लिखित लेखकों को पढ़िए और यदि आप वास्तविक जीवन में उनके दर्शन का फल पाना चाहते हैं तो इस पुस्तक को पढ़िए और बिल्कुल वैसा करिए, जैसा इसमें बताया गया है।

अनुक्रम

1

धनवान् होने का अधिकार

निर्धनता की प्रशंसा में चाहे कुछ भी कहा जाए, इस तथ्य को बदला नहीं जा सकता कि बिना धन के सही मायनों में पूर्ण या सफल जीवन जी पाना संभव नहीं है। कोई भी व्यक्ति अपनी योग्यता या अपनी आत्मा के विकास को सर्वोच्च शिखर तक नहीं पहुँचा सकता, यदि उसके पास पर्याप्त धन नहीं है; क्योंकि अपनी आत्मा को प्रकाशित करने और अपनी योग्यता का विकास करने के लिए उसे बहुत सी चीजों की आवश्यकता पड़ेगी और बिना पैसों के उसके पास वे चीजें नहीं आ सकतीं।

एक व्यक्ति अपनी बुद्धि, आत्मा एवं शरीर का विकास करने के लिए कई चीजों का उपयोग करता है और हमारी सामाजिक व्यवस्था ऐसी है कि उन चीजों को हासिल करने के लिए उसके पास धन का होना आवश्यक है। इसलिए मनुष्य के लिए हर प्रकार की उन्नति का आधार धनवान् बनने का विज्ञान ही होना चाहिए।

प्रत्येक जीवन का उद्देश्य होता है—विकास करना और प्रत्येक जीवित वस्तु का अविच्छेद्य अधिकार होता है कि वह जितना संभव हो, उतना विकास करे।

मनुष्य के लिए जीने के अधिकार का तात्पर्य है—उन सभी चीजों

का स्वतंत्र और अप्रतिबंधित उपयोग कर पाना, जो उसके मानसिक, आध्यात्मिक एवं शारीरिक विकास के लिए आवश्यक हैं या दूसरे शब्दों में, उसके धनवान् होने का अधिकार।

वह व्यक्ति, जिसके पास वह सबकुछ है, जो वह अपने संपूर्ण जीवन को जीने के लिए चाहता है, धनवान् है; और जिस व्यक्ति के पास पर्याप्त धन नहीं है, वह सबकुछ नहीं पा सकता, जो वह चाहता है। जीवन इतनी प्रगति कर चुका है और इतना जटिल हो गया है कि एक साधारण स्त्री और पुरुष को भी ऐसा जीवन जीने के लिए पर्याप्त धन चाहिए, जो कम-से-कम पूर्णता के निकट हो।

इस पुस्तक में मैं औपचारिक रूप से धन-संपत्ति की बात नहीं करूँगा। वास्तव में, धनी होने का अर्थ थोड़े में संतुष्ट या तृप्त हो जाना नहीं है। किसी भी व्यक्ति को थोड़े में संतुष्ट नहीं होना चाहिए, यदि वह उससे अधिक का उपयोग करने की या आनंद उठाने की क्षमता रखता हो। प्रकृति का उद्देश्य है—जीवन का विकास करना और उसे प्रकाशित करना; और प्रत्येक व्यक्ति के पास वह सबकुछ होना चाहिए, जो उसकी शक्ति में योगदान कर सके—भव्यता, सौंदर्य एवं समृद्ध जीवन। इससे कम में संतुष्ट हो जाना अनुचित है।

वह व्यक्ति, जिसके पास वह सबकुछ है, जो वह अपने संपूर्ण जीवन को जीने के लिए चाहता है, धनवान् है; और जिस व्यक्ति के पास पर्याप्त धन नहीं है, वह सबकुछ नहीं पा सकता, जो वह चाहता है। जीवन इतनी प्रगति कर चुका है और इतना जटिल हो गया है कि एक साधारण स्त्री और पुरुष को भी ऐसा जीवन जीने के लिए पर्याप्त धन चाहिए, जो कम-से-कम पूर्णता के निकट हो। प्रत्येक व्यक्ति की यह स्वाभाविक इच्छा होती है कि वह जो बन पाने में सक्षम है, वह बन पाए; जन्मजात

संभावनाओं को प्राप्त करने की यह इच्छा मानव स्वभाव में अंतर्निहित है; हम जो भी बन सकते हैं, वह बनने की चाहत मन में उत्पन्न होने से नहीं रोक सकते। जीवन में सफलता प्राप्त करने का अर्थ है—वह बन पाना, जो आप बनना चाहते हैं; आप जो बनना चाहते हैं, वह सिर्फ आवश्यक चीजों के उपयोग से बन सकते हैं और आप उन चीजों को आसानी से तभी प्राप्त कर सकते हैं, जब आपके पास पर्याप्त धन हो। इसलिए धनवान् बनने के विज्ञान को समझना अत्यधिक महत्त्वपूर्ण और आवश्यक हो जाता है।

धनवान् बनने की इच्छा होने में कुछ गलत नहीं है। धन कमाने की इच्छा के पीछे असल में एक अधिक समृद्ध, परिपूर्ण और विस्तृत जीवन जीने की चाहत होती है और यह चाहत प्रशंसनीय है। जो व्यक्ति अधिक प्रचुरता के साथ जीने की इच्छा नहीं रखता, वह असामान्य है। इसलिए वह व्यक्ति भी, जो इतना धन नहीं कमाना चाहता, जिससे कि वह अपने मन की हर चीज खरीद सके, असामान्य है।

धनवान् बनने की इच्छा होने में कुछ गलत नहीं है। धन कमाने की इच्छा के पीछे असल में एक अधिक समृद्ध, परिपूर्ण और विस्तृत जीवन जीने की चाहत होती है और यह चाहत प्रशंसनीय है। जो व्यक्ति अधिक प्रचुरता के साथ जीने की इच्छा नहीं रखता, वह असामान्य है। इसलिए वह व्यक्ति भी, जो इतना धन नहीं कमाना चाहता, जिससे कि वह अपने मन की हर चीज खरीद सके, असामान्य है।

तीन उद्‌देश्य हैं, जिन्हें लेकर हम जीते हैं—हम अपने शरीर के लिए जीते हैं, अपने मन के लिए जीते हैं, अपनी आत्मा के लिए जीते हैं। इन तीनों में से कोई भी दूसरे से बेहतर या अधिक पवित्र नहीं है। तीनों समान रूप से वांछनीय हैं और तीनों में से कोई भी शरीर, मन या आत्मपूर्णता के साथ नहीं जी सकते, यदि इनमें से किसी के जीवन की

पूर्णता या अभिव्यक्ति में कमी हो जाती है। सिर्फ आत्मा के लिए जीना और शरीर व मन को अस्वीकार करना कोई उचित या नेक काम नहीं होगा। सिर्फ अपने मन के लिए जीना और शरीर या आत्मा की उपेक्षा करना भी गलत होगा।

हम मन और आत्मा की उपेक्षा करके सिर्फ शरीर के लिए जीने के घृणित परिणामों से परिचित हैं। हम देखते हैं कि वास्तविक जीवन का अर्थ है—उन सब चीजों की पूर्ण अभिव्यक्ति, जो मनुष्य अपने शरीर, मन और आत्मा के माध्यम से प्रकट कर सकता है। चाहे वह कुछ भी कहे, लेकिन सच यही है कि कोई भी व्यक्ति पूरी तरह सुखी और संतुष्ट नहीं रह सकता, जब तक उसके शरीर का प्रत्येक अंग सही तरीके से कार्य न कर रहा हो और साथ में उसका मन एवं उसकी आत्मा भी उसी प्रकार कार्य न कर रहे हों। जब भी कहीं कोई अव्यक्त संभावना होती है या कोई कार्य संपन्न नहीं होता तो वहाँ असंतुष्ट अभिलाषा होती है। इच्छा या अभिलाषा एक संभावना होती है, जो अभिव्यक्ति चाहती है या एक क्रिया होती है, जो निष्पादन चाहती है।

लेकिन सच यही है कि कोई भी व्यक्ति पूरी तरह सुखी और संतुष्ट नहीं रह सकता, जब तक उसके शरीर का प्रत्येक अंग सही तरीके से कार्य न कर रहा हो और साथ में उसका मन एवं उसकी आत्मा भी उसी प्रकार कार्य न कर रहे हों। जब भी कहीं कोई अव्यक्त संभावना होती है या कोई कार्य संपन्न नहीं होता तो वहाँ असंतुष्ट अभिलाषा होती है।

मनुष्य एक परिपूर्ण जीवन नहीं जी सकता, जब तक उसके पास अच्छा भोजन, आरामदायक वस्त्र और सुरक्षित आश्रय न हो तथा अत्यधिक परिश्रम से मुक्ति न मिले। विश्राम और मनोरंजन भी उसके शरीर के लिए आवश्यक हैं।

वह अपनी बुद्धि से परिपूर्ण जीवन नहीं जी सकता, यदि उसके पास पुस्तकें नहीं हैं या उन्हें पढ़ने का समय नहीं है; यात्रा करने का, चीजों का अवलोकन करने का अवसर नहीं है या किसी का बौद्धिक साहचर्य नहीं है।

बुद्धि से परिपूर्ण जीवन जीने के लिए उसके पास ऐसे मनोरंजन के साधन होने चाहिए, जिनमें बुद्धि और ज्ञान का उपयोग हो। उसे अपने इर्द-गिर्द कला और सौंदर्य से संबंधित ऐसी चीजें एकत्रित करनी चाहिए, जिनका उचित उपयोग और सराहना करने में वह सक्षम हो।

आत्मा से परिपूर्ण जीवन जीने के लिए मनुष्य के जीवन में प्रेम होना चाहिए और प्रेम को निर्धनता से अभिव्यक्ति नहीं मिल पाती।

मनुष्य को सर्वोच्च आनंद की प्राप्ति होती है—अपने प्रियजनों को उपहार या अन्य लाभ प्रदान करने में। प्रेम की सबसे सहज और स्वाभाविक अभिव्यक्ति देने में है। जिस मनुष्य के पास देने के लिए कुछ भी नहीं है, वह पति, पिता, एक नागरिक या एक पुरुष के पद के साथ न्याय नहीं कर सकता। भौतिक वस्तुओं के उपयोग से ही मनुष्य अपने शरीर की पूर्णता, बुद्धि का विकास और आत्मा की जागृति प्राप्त कर सकता है। इसलिए उसके लिए यह बात अत्यधिक महत्त्वपूर्ण हो जाती है कि वह धनवान् हो।

मनुष्य को सर्वोच्च आनंद की प्राप्ति होती है—अपने प्रियजनों को उपहार या अन्य लाभ प्रदान करने में। प्रेम की सबसे सहज और स्वाभाविक अभिव्यक्ति देने में है। जिस मनुष्य के पास देने के लिए कुछ भी नहीं है, वह पति, पिता, एक नागरिक या एक पुरुष के पद के साथ न्याय नहीं कर सकता।

यह सर्वथा उचित है कि आपके अंदर धनवान् होने की आकांक्षा हो। यदि आप एक सामान्य स्त्री या पुरुष हैं तो आप अपने मन में

ऐसी इच्छा उत्पन्न होने से नहीं रोक सकते। यह सर्वथा उचित है कि आप धनवान् होने के विज्ञान पर अपना पूरा ध्यान दें, क्योंकि यह एक अत्यधिक आवश्यक और महान् विषय है। यदि आप इस विषय की अवहेलना करते हैं तो आप ईश्वर एवं मानवता के प्रति अपने कर्तव्य का त्याग कर रहे हैं; क्योंकि ईश्वर एवं मानवता के प्रति आपकी सबसे बड़ी सेवा यही होगी कि आप जीवन में अपना संपूर्ण और सर्वश्रेष्ठ प्रदर्शन करें।

□

2

धनवान् बनने का विज्ञान वास्तव में है

धनवान् बनने का एक विज्ञान है और यह एक यथार्थ विज्ञान है, जैसे बीजगणित या अंकगणित। कुछ सिद्धांत हैं, जो धन प्राप्त करने की प्रक्रिया को शासित करते हैं। कोई भी व्यक्ति जब इन सिद्धांतों को याद करके उनका पालन करने लगेगा तो वह गणितीय निश्चितता से धनवान् हो जाएगा।

धन और संपत्ति का स्वामित्व चीजों को एक निश्चित तरीके से करने के फलस्वरूप मिलता है। जो लोग अपने कार्य इस निश्चित तरीके से करते हैं, चाहे जान-बूझकर या अनजाने में, वे धनवान् हो जाते हैं; जबकि वे लोग, जो इस तरीके से अपने कार्य नहीं करते, निर्धन ही रह जाते हैं, चाहे वे कितना भी परिश्रम करें और कितने भी योग्य हों।

यह एक प्राकृतिक नियम है कि समान कारण समान प्रभाव उत्पन्न करते हैं और इसलिए कोई भी स्त्री या पुरुष, जो इस निश्चित तरीके से कार्य करता है, बिना कोई गलती किए धनवान् हो जाएगा।

निम्नलिखित तथ्य उपर्युक्त वाक्य को सही साबित करेंगे। धनी होना वातावरण या परिवेश पर निर्भर नहीं करता, क्योंकि यदि ऐसा होता तो किसी विशेष इलाके के सभी लोग धनवान् होते। किसी एक शहर के सभी लोग धनवान् और अन्य शहरों के सभी लोग निर्धन होते या

फिर किसी एक राज्य के सभी निवासी धन-संपत्ति से भरपूर होते और आसपास के राज्यों के निवासी गरीबी से परेशान होते।

लेकिन हम हर जगह अमीर और गरीब लोगों को आसपास रहते देखते हैं, एक ही वातावरण में और अकसर एक ही व्यवसाय से जुड़े हुए। जब दो व्यक्ति एक ही मोहल्ले में रहते हैं, एक ही व्यवसाय से जुड़े होते हैं, लेकिन उनमें से एक धनी हो जाता है और दूसरा निर्धन ही रह जाता है तो हम समझ सकते हैं कि धनवान् होना मुख्य रूप से वातावरण पर निर्भर नहीं करता। कुछ परिवेश दूसरों से अधिक अनुकूल हो सकते हैं; लेकिन जब एक ही व्यवसाय से जुड़े दो लोग एक ही मोहल्ले में रहते हैं, लेकिन उनमें से एक को धन अर्जित करने में सफलता मिलती है, जबकि दूसरा असफल हो जाता है तो यह साबित हो जाता है कि धनवान् होना अपने कार्यों को एक निश्चित तरीके से करने का परिणाम है।

कुछ परिवेश दूसरों से अधिक अनुकूल हो सकते हैं; लेकिन जब एक ही व्यवसाय से जुड़े दो लोग एक ही मोहल्ले में रहते हैं, लेकिन उनमें से एक को धन अर्जित करने में सफलता मिलती है, जबकि दूसरा असफल हो जाता है तो यह साबित हो जाता है कि धनवान् होना अपने कार्यों को एक निश्चित तरीके से करने का परिणाम है।

इसके अलावा, किसी व्यक्ति में इस विशेष तरीके से काम करने की योग्यता सिर्फ किसी विशिष्ट प्रतिभा के कारण नहीं होती; क्योंकि कई ऐसे लोग, जिनके पास असाधारण प्रतिभा है, निर्धन ही रह जाते हैं, जबकि साधारण प्रतिभावाले लोग धनवान् हो जाते हैं।

जिन लोगों ने अत्यधिक धन अर्जित किया है, उनका अध्ययन करने से हमें पता चलता है कि वे हर मायने में सामान्य ही हैं। उनके

पास अन्य लोगों से अधिक योग्यता या प्रतिभा नहीं है। इससे स्पष्ट होता है कि वे इसलिए धनवान् नहीं हुए, क्योंकि उनके पास कोई ऐसी असाधारण प्रतिभा है, जो दूसरों के पास नहीं है; बल्कि इसलिए हुए, क्योंकि वे अपने कार्य एक विशेष तरीके से करते हैं।

धनवान् होना बचत करने का या मितव्ययी होने का परिणाम नहीं है। बहुत से कंजूस व्यक्ति निर्धन हैं, जबकि फिजूलखर्च और दिल खोलकर खर्च करनेवाले अकसर धनवान् हो जाते हैं।

ऐसा भी नहीं है कि कोई इसलिए धनवान् हो जाता है, क्योंकि वह जो काम करता है, वह दूसरे नहीं कर पाते; क्योंकि एक ही व्यवसाय में संलग्न दो लोग लगभग एक जैसा काम ही करते हैं, फिर भी एक धनवान् हो जाता है और दूसरा निर्धन रह जाता है या दिवालिया हो जाता है।

इन सब बातों से हमें यह निष्कर्ष निकालना चाहिए कि धनवान् होना एक विशेष तरीके से कार्य करने का परिणाम होता है।

यदि धनवान् होना एक विशेष तरीके से काम करने का परिणाम है, यदि समान कारण सदैव समान प्रभाव उत्पन्न करते हैं तो कोई भी स्त्री या पुरुष, जो उस तरीके से काम कर सकता है, धनवान् बन सकता है। यह पूरा मामला यथार्थ विज्ञान के क्षेत्र में आ जाता है।

यदि धनवान् होना एक विशेष तरीके से काम करने का परिणाम है, यदि समान कारण सदैव समान प्रभाव उत्पन्न करते हैं तो कोई भी स्त्री या पुरुष, जो उस तरीके से काम कर सकता है, धनवान् बन सकता है। यह पूरा मामला यथार्थ विज्ञान के क्षेत्र में आ जाता है।

अब, प्रश्न यह उठता है कि क्या यह विशेष तरीका इतना कठिन है कि सिर्फ कुछ ही लोग इसका पालन कर पाते हैं? हमने देखा है कि जहाँ तक स्वाभाविक योग्यता की बात है, यह सच नहीं हो सकता।

प्रतिभाशाली व्यक्ति धन अर्जित कर लेते हैं और मूर्ख व्यक्ति भी; बौद्धिक रूप से प्रतिभाशाली व्यक्ति भी धनवान् हो जाते हैं और बुद्धिहीन व्यक्ति भी; शारीरिक रूप से मजबूत लोग भी धनवान् हो जाते हैं और कमजोर एवं बीमार रहनेवाले व्यक्ति भी।

थोड़ी-बहुत सोचने और समझने की शक्ति तो निश्चित रूप से आवश्यक है; लेकिन जहाँ तक स्वाभाविक योग्यता का सवाल है, कोई भी स्त्री या पुरुष, जिसमें इन शब्दों को पढ़ने व समझने की बुद्धि है, निश्चित रूप से धनवान् हो सकता है।

हमने देखा कि यह वातावरण या परिवेश का मामला नहीं है। स्थान से कुछ फर्क अवश्य पड़ता है; कोई भी सहारा के जंगलों के बीचोबीच जाकर सफल व्यापार करने की अपेक्षा नहीं कर सकता।

धनवान् बनने के लिए अन्य लोगों से संपर्क स्थापित करना आवश्यक है और ऐसे स्थान पर रहना भी, जहाँ संपर्क स्थापित करने के लिए लोग हों। यदि उन लोगों का झुकाव भी आपके तरीके से काम करने की ओर हो तो और भी अच्छी बात है। लेकिन यह तो सिर्फ वातावरण और परिवेश की बात है।

धनवान् बनने के लिए अन्य लोगों से संपर्क स्थापित करना आवश्यक है और ऐसे स्थान पर रहना भी, जहाँ संपर्क स्थापित करने के लिए लोग हों। यदि उन लोगों का झुकाव भी आपके तरीके से काम करने की ओर हो तो और भी अच्छी बात है। लेकिन यह तो सिर्फ वातावरण और परिवेश की बात है।

यदि आपके शहर में कोई भी धनवान् बन सकता है तो आप भी बन सकते हैं और यदि आपके प्रदेश में कोई धनवान् बन सकता है तो आप भी बन सकते हैं।

फिर यह मामला किसी विशेष व्यापार या व्यवसाय का चुनाव करने

का नहीं है। लोग किसी भी व्यापार में और किसी भी व्यवसाय में धन कमा लेते हैं, जबकि उसी व्यवसाय या व्यापार से जुड़े उनके पड़ोसी निर्धन रह जाते हैं।

यह सच है कि आप उसी व्यापार या व्यवसाय में अपना सर्वश्रेष्ठ प्रदर्शन देंगे, जिसमें आपकी रुचि है, जो आपके अनुकूल है। यदि आपके पास ऐसी विशेष योग्यताएँ हैं, जो भलीभाँति विकसित हो चुकी हैं तो आप ऐसे व्यवसाय में अपना श्रेष्ठ प्रदर्शन करेंगे, जिसमें उन योग्यताओं की आवश्यकता हो।

साथ ही, आप ऐसे व्यवसाय में सफलता प्राप्त करेंगे, जो आपके क्षेत्र के अनुकूल हो। एक आइसक्रीम पार्लर ग्रीनलैंड के बजाय किसी गरम स्थान पर सफल होगा और एक साल्मन मछली का व्यवसाय उत्तर-पश्चिमी प्रदेश में सफल होगा, न कि फ्लोरिडा में, जहाँ साल्मन होती ही नहीं।

लेकिन इन सामान्य सीमाओं के अतिरिक्त धनवान् होना आपके किसी विशेष व्यवसाय से जुड़ने पर नहीं, बल्कि आपके काम करने के उस विशेष तरीके को सीखने पर निर्भर करता है। यदि आप किसी व्यवसाय में संलग्न हैं और आपके मोहल्ले में रहनेवाला कोई अन्य व्यक्ति उसी व्यवसाय में रहकर समृद्ध हो रहा है, जबकि आप उतने समृद्ध नहीं हो पा रहे हैं तो ऐसा इसलिए है कि आप अपना कार्य उस प्रकार से नहीं कर रहे हैं, जैसे वह कर रहा है।

यदि आप किसी व्यवसाय में संलग्न हैं और आपके मोहल्ले में रहनेवाला कोई अन्य व्यक्ति उसी व्यवसाय में रहकर समृद्ध हो रहा है, जबकि आप उतने समृद्ध नहीं हो पा रहे हैं तो ऐसा इसलिए है कि आप अपना कार्य उस प्रकार से नहीं कर रहे हैं, जैसे वह कर रहा है।

पूँजी की कमी किसी को धनवान् होने से नहीं रोकती। यह सच है कि जैसे ही आपको पूँजी मिलनी शुरू होती है, उसमें बढ़त आसानी

से और तीव्र गति से होने लगती है; लेकिन जिसके पास पूँजी है, वह तो पहले से ही धनवान् है और उसे यह सोचने की आवश्यकता नहीं है कि वह धनी कैसे बने? चाहे आप कितने भी निर्धन क्यों न हों, यदि आप उस निश्चित तरीके से काम करेंगे तो आपके धनवान् बनने की शुरुआत हो जाएगी, आपके पास पूँजी एकत्र होने लगेगी। पूँजी एकत्र होना धनवान् होने की प्रक्रिया का एक हिस्सा है। यह उस परिणाम का हिस्सा भी है, जो कार्य को निश्चित तरीके से करने के फलस्वरूप मिलता है। आप महाद्वीप के सबसे निर्धन व्यक्ति हो सकते हैं, समुद्र में गहराई तक डूबे हो सकते हैं। हो सकता है, आपके पास न मित्र हों, न प्रभाव और न साधन; लेकिन यदि आप इस निश्चित तरीके से काम करना शुरू करेंगे तो आप बिना गलती किए धनवान् होने लगेंगे; क्योंकि समान कारणों को समान प्रभाव ही उत्पन्न करने चाहिए। यदि आपके पास पूँजी नहीं है तो आपको पूँजी प्राप्त हो सकती है। यदि आप किसी गलत व्यवसाय में संलग्न हैं तो आप सही व्यवसाय में आ सकते हैं। यदि आप गलत स्थान पर हैं तो आप सही स्थान पर जा सकते हैं। ऐसा आप अपने वर्तमान व्यवसाय में और वर्तमान स्थान पर उस विशेष तरीके से काम करने की शुरुआत करके कर सकते हैं, जो सफलता प्रदान करता है।

> ***आप महाद्वीप के सबसे निर्धन व्यक्ति हो सकते हैं, समुद्र में गहराई तक डूबे हो सकते हैं। हो सकता है, आपके पास न मित्र हों, न प्रभाव और न साधन; लेकिन यदि आप इस निश्चित तरीके से काम करना शुरू करेंगे तो आप बिना गलती किए धनवान् होने लगेंगे; क्योंकि समान कारणों को समान प्रभाव ही उत्पन्न करने चाहिए। यदि आपके पास पूँजी नहीं है तो आपको पूँजी प्राप्त हो सकती है।***

यह बात काफी हद तक सच है कि यदि आप इस्पात (स्टील) से

जुड़े क्षेत्र के एक कर्मचारी हैं तो इस बात की संभावना नहीं के बराबर है कि आप उस प्लांट के मालिक बन जाएँ, जिसमें आप काम करते हैं; लेकिन यह भी सच है कि यदि आप एक विशेष तरीके से काम करना शुरू कर देंगे तो जल्दी ही स्टील उद्यम की नौकरी छोड़ सकते हैं। आप 10 से 40 एकड़ के बीच की एक जमीन खरीद सकते हैं और खाद्य पदार्थों के उत्पादक के रूप में स्वयं का व्यापार शुरू कर सकते हैं। वर्तमान समय में ऐसे लोगों के लिए शानदार अवसर मौजूद हैं, जो छोटे-छोटे भूखंडों पर रहते हैं और उन्हीं पर सघन खेती-बाड़ी करते हैं। ऐसे लोग निस्संदेह धनवान् बनेंगे। आप कह सकते हैं कि आपके लिए जमीन लेना असंभव है; लेकिन मैं साबित कर दूँगा कि यह असंभव नहीं है और आप जमीन अवश्य खरीद सकते हैं, यदि आप एक निश्चित तरीके से काम करते रहेंगे।

वर्तमान समय में ऐसे लोगों के लिए शानदार अवसर मौजूद हैं, जो छोटे-छोटे भूखंडों पर रहते हैं और उन्हीं पर सघन खेती-बाड़ी करते हैं। ऐसे लोग निस्संदेह धनवान् बनेंगे। आप कह सकते हैं कि आपके लिए जमीन लेना असंभव है; लेकिन मैं साबित कर दूँगा कि यह असंभव नहीं है और आप जमीन अवश्य खरीद सकते हैं, यदि आप एक निश्चित तरीके से काम करते रहेंगे।

अलग-अलग समय पर अवसर का ज्वार अलग-अलग दिशाओं में बहता है। संपूर्ण सामाजिक विकास और उसकी वर्तमान अवस्था की आवश्यकता के अनुसार वर्तमान समय में अमेरिका कृषि और उससे संबद्ध उद्योगों व व्यवसायों की दिशा में उन्मुख है। इस समय कारखानों के कर्मचारियों के सामने अवसर खुले हुए हैं। अवसर उस व्यापारी के सामने अधिक हैं, जो किसान को उसकी आवश्यकता के सामान की आपूर्ति करता है, बजाय उस व्यापारी के, जो

कारखाने के कर्मचारी को आपूर्ति करता है। उस व्यवसायी के सामने भी अधिक अवसर हैं, जो कृषक के उत्पाद की प्रतीक्षा करता है, बजाय उसके, जो श्रमिक वर्ग के लिए काम करता है।

उस व्यक्ति के लिए अवसरों की प्रचुरता है; जो प्रवाह के साथ बहे, न कि उसके विपरीत तैरने का प्रयास करे। इसलिए कारखाने के कर्मचारी, चाहे व्यक्तिगत रूप से या एक वर्ग के रूप में, अवसरों से वंचित नहीं रहते हैं। कर्मचारियों को उनके मालिकों द्वारा दबाकर नहीं रखा जाता, उन्हें ट्रस्ट और पूँजी के संयोजन से कुचला नहीं जाता। एक वर्ग के तौर पर वे जहाँ हैं, वहाँ इसलिए हैं, क्योंकि वे उस विशेष तरीके से अपने काम नहीं करते।

उस व्यक्ति के लिए अवसरों की प्रचुरता है; जो प्रवाह के साथ बहे, न कि उसके विपरीत तैरने का प्रयास करे। इसलिए कारखाने के कर्मचारी, चाहे व्यक्तिगत रूप से या एक वर्ग के रूप में, अवसरों से वंचित नहीं रहते हैं। कर्मचारियों को उनके मालिकों द्वारा दबाकर नहीं रखा जाता, उन्हें ट्रस्ट और पूँजी के संयोजन से कुचला नहीं जाता। एक वर्ग के तौर पर वे जहाँ हैं, वहाँ इसलिए हैं, क्योंकि वे उस विशेष तरीके से अपने काम नहीं करते। यदि अमेरिका के कामगारों ने उस तरह से काम करने का सोचा होता तो वे बेल्जियम और अन्य देशों के अपने भाइयों का अनुसरण कर सकते थे, बड़े-बड़े डिपार्टमेंटल स्टोर और सहकारी उद्योग स्थापित कर सकते थे। वे अपने ही वर्ग के लोगों को रोजगार प्रदान कर सकते थे और ऐसे सहकारी उद्योगों के विकास के निमित्त नियम बना सकते थे तथा कुछ ही वर्षों में वे औद्योगिक क्षेत्र में शांतिपूर्ण अधिकार प्राप्त कर सकते थे।

श्रमिक वर्ग अपने कार्य उस विशेष तरीके से आरंभ करके कभी

भी मालिकों के वर्ग में शामिल हो सकता है। संपत्ति का सिद्धांत उनके लिए भी वही है, जो दूसरों के लिए है। यह बात उन्हें सीखनी चाहिए। जब तक वे यों ही काम करते रहेंगे, जैसे अभी कर रहे हैं, तब तक वे इसी स्थिति में रहेंगे। एक अकेले कार्यकर्ता के पिछड़े रहने का कारण उसके अपने वर्ग की अज्ञानता या मानसिक आलस्य नहीं है। वह चाहे तो अवसर के प्रवाह का अनुसरण करके धन अर्जित कर सकता है और यह पुस्तक उसे बताएगी कि उसे यह कैसे करना है ?

कोई भी व्यक्ति धन की आपूर्ति में कमी के कारण निर्धन अवस्था में नहीं रहता। संसार में सभी के लिए पर्याप्त मात्रा में धन है। वाशिंगटन के कैपिटल जितना विशाल महल पृथ्वी के प्रत्येक परिवार के लिए सिर्फ अमेरिका में मौजूद निर्माण सामग्री की सहायता से बनाया जा सकता है। सघन खेती-बाड़ी द्वारा इस देश में इतने ऊन, कपास, लिनेन और रेशम का उत्पादन किया जा सकता है, जो संसार के प्रत्येक व्यक्ति को बेहतरीन पोशाक दे सके। सोलोमन की साज-सज्जा को भी धूमिल कर दे, इतनी अच्छी। और इतना खाद्य पदार्थ भी, जो संसार के प्रत्येक व्यक्ति को भरपेट और विलासितापूर्ण भोजन दे सके।

कोई भी व्यक्ति धन की आपूर्ति में कमी के कारण निर्धन अवस्था में नहीं रहता। संसार में सभी के लिए पर्याप्त मात्रा में धन है। वाशिंगटन के कैपिटल जितना विशाल महल पृथ्वी के प्रत्येक परिवार के लिए सिर्फ अमेरिका में मौजूद निर्माण सामग्री की सहायता से बनाया जा सकता है।

प्रत्यक्ष आपूर्ति तो व्यावहारिक रूप से अपार है और अप्रत्यक्ष आपूर्ति वास्तव में अपार है।

जो भी चीज आप इस पृथ्वी पर देखते हैं, वह एक ही तत्त्व से बनी है, जिसमें से सभी चीजें आगे बढ़ती रहती हैं। नए आकार निरंतर बन

रहे हैं और पुराने आकार भंग हो रहे हैं; लेकिन सभी आकार उस एक तत्त्व द्वारा ग्रहण किए जाते हैं।

निराकार वस्तुओं की या मूल तत्त्व की आपूर्ति की कोई सीमा नहीं है। संपूर्ण ब्रह्मांड उसी से बना है; लेकिन ब्रह्मांड के निर्माण में उसका पूर्ण रूप से उपयोग नहीं हुआ था। प्रत्यक्ष ब्रह्मांड में स्थित आकारों के बीच की, अंदर की और आस-पास की खाली जगहें मूल तत्त्व से भरी हुई हैं, निराकार तत्त्व से भरी हैं, सभी चीजों को बनानेवाले कच्चे माल से भरी हैं। जो कुछ बन चुका है, उससे दस हजार गुना और बन जाने के बाद भी इस सार्वभौमिक तत्त्व की आपूर्ति खत्म नहीं होगी।

प्रत्यक्ष ब्रह्मांड में स्थित आकारों के बीच की, अंदर की और आस-पास की खाली जगहें मूल तत्त्व से भरी हुई हैं, निराकार तत्त्व से भरी हैं, सभी चीजों को बनानेवाले कच्चे माल से भरी हैं। जो कुछ बन चुका है, उससे दस हजार गुना और बन जाने के बाद भी इस सार्वभौमिक तत्त्व की आपूर्ति खत्म नहीं होगी।

इस आधार पर हम यह कह सकते हैं कि कोई भी मनुष्य इसलिए निर्धन नहीं होता, क्योंकि प्रकृति समृद्ध नहीं है या संसार में सबके लिए पर्याप्त साधन नहीं हैं। प्रकृति स्वयं ही धन-संपत्ति का अक्षय भंडार है। उसकी आपूर्ति में कभी कमी नहीं होगी। मूल तत्त्व रचनात्मक शक्ति से जाग्रत् है और निरंतर नवीन आकारों का निर्माण कर रहा है। जब निर्माण सामग्री समाप्त होने लगेगी तो और उत्पन्न हो जाएगी। जब धरती की मिट्टी खाद्य पदार्थ एवं कपड़ों के लिए रुई-कपास इत्यादि पैदा करने योग्य नहीं रह जाएगी तो उसमें नई ऊर्जा डाल दी जाएगी या और मिट्टी बन जाएगी। जब पृथ्वी में से संपूर्ण सोना व चाँदी निकाल लिया जाएगा, यदि मनुष्य तब भी विकास की ऐसी अवस्था में रहेगा कि उसे सोने-चाँदी की आवश्यकता होगी

तो निराकार द्वारा और उत्पन्न कर दिया जाएगा। निराकार तत्त्व मनुष्य की आवश्यकताओं की पूर्ति करता रहता है। वह उसे किसी भी अच्छी चीज के बिना नहीं रहने देगा।

यही बात मनुष्य के सम्मिलित रूप पर भी लागू होती है। संपूर्ण मानव जाति अपने आप में सदा से समृद्ध रही है। यदि व्यक्तिगत रूप से लोग निर्धन हैं तो इसलिए, क्योंकि वे कार्य करने के उस विशेष तरीके का अनुसरण नहीं करते, जो किसी व्यक्ति को समृद्ध बनाता है।

निराकार तत्त्व बुद्धिमान है। वह ऐसा तत्त्व है, जो सोचता है। उसमें जीवन है। वह सदा और अधिक जीवन की ओर प्रेरित होता है। जो है, उससे अधिक की तलाश में रहना मानव जीवन की स्वाभाविक और अंतर्निहित लालसा होती है। ज्ञान का स्वभाव है, अपना विस्तार करना और चेतना का स्वभाव है, अपनी सीमाओं को विस्तृत करके बेहतर अभिव्यक्ति की तलाश करना।

निराकार तत्त्व बुद्धिमान है। वह ऐसा तत्त्व है, जो सोचता है। उसमें जीवन है। वह सदा और अधिक जीवन की ओर प्रेरित होता है। जो है, उससे अधिक की तलाश में रहना मानव जीवन की स्वाभाविक और अंतर्निहित लालसा होती है। ज्ञान का स्वभाव है, अपना विस्तार करना और चेतना का स्वभाव है, अपनी सीमाओं को विस्तृत करके बेहतर अभिव्यक्ति की तलाश करना। विभिन्न आकारों से भरे ब्रह्मांड का निर्माण निराकार तत्त्व ने किया है—स्वयं को एक आकार देकर, ताकि वह पूर्ण रूप से अपने को अभिव्यक्त कर सके।

यह ब्रह्मांड एक महान् जीवित उपस्थिति है, जो स्वाभाविक रूप से अधिक जीवन और बेहतर कार्यों की ओर निरंतर बढ़ती रहती है। प्रकृति का निर्माण जीवन की उन्नति के लिए हुआ है। उसका मुख्य उद्‌देश्य

है, जीवन को बढ़ाना। इस उद्देश्य की पूर्ति के लिए जिस चीज की भी आवश्यकता है, वह बहुतायत में उपलब्ध है। ब्रह्मांड में किसी चीज की कमी नहीं हो सकती, जब तक कि ईश्वर स्वयं के विरुद्ध जाकर अपनी ही रचनाओं को अमान्य न कर दे।

आप धन की आपूर्ति के अभाव में निर्धन नहीं रह जाते। यह एक तथ्य है, जिसके बारे में मैं आगे विस्तार से बात करूँगा और साबित करूँगा कि निराकार तत्त्व के साधन भी उस स्त्री या पुरुष के अधिकार में रहते हैं, जो एक विशेष तरीके से सोचते और कार्य करते हैं।

□

3

क्या अवसर पर एकाधिकार संभव है?

यह संभव नहीं कि कोई इस कारण निर्धन रह जाए कि दूसरों ने उससे अवसर छीन लिये या धन पर एकाधिकार जमा कर उसके चारों ओर एक दीवार खड़ी कर दी है। यह हो सकता है कि कुछ खास क्षेत्रों में आपको कोराबार करने से रोक दिया जाए, लेकिन आपके पास अन्य रास्ते खुले होते हैं।

समाज का विकास चरणों में होता है और उन चरणों की पूरी और खास जरूरतों के अनुसार समय-समय पर विभिन्न दिशाओं से अनेक प्रकार के अवसर आते रहते हैं। इक्कीसवीं सदी की शुरुआत में, अमेरिका में निर्माण और उससे जुड़े उद्योगों का पतन हो रहा था, लेकिन अब स्वास्थ्य सेवा, कंप्यूटर और सेवा के उद्योग जैसे अनेक क्षेत्रों में नए-नए अवसर मिल रहे हैं।

एशिया, अफ्रीका और दक्षिण अमेरिका के विकासशील देशों में निर्माण और सेवा उद्योगों में बेशुमार अवसर पैदा हो रहे हैं। अनेक बहुराष्ट्रीय कंपनियाँ न केवल उत्पादन को, बल्कि उद्यमशील कारोबारियों के लिए सेवा की गतिविधियों को भी आउटसोर्स कर रही हैं। अमीर बनाने वाले अवसरों में तेजी से वृद्धि हो रही है। प्रगति की इस धारा के विपरीत नहीं, बल्कि इसके साथ चलनेवाले व्यक्ति के लिए अवसरों की कमी नहीं है।

किसी से भी अवसर छीना नहीं जाता। कामगारों को उनके मालिक सफल होने से 'नहीं रोकते'। बड़े-बड़े निगमों या व्यावसायिक प्रतिष्ठान उनकी 'उड़ान पर लगाम' नहीं लगाते। लोग जब खास तरीके से अपना काम करने लग जाते हैं, तब वे निचले स्तर या मामूली वेतन वाले काम से तरक्की कर आगे बढ़ सकते हैं। धन का नियम उनके लिए भी वैसा ही होता है, जैसा कि अन्य सभी के लिए होता है। यह बात उन्हें जान लेनी चाहिए और जब तक वे इस पर चलते रहेंगे, तब तक वे तरक्की की राह पर बढ़ते जाएँगे। कोई भी इस कारण निर्धन नहीं होता कि धन की कमी है। सभी के लिए पर्याप्त धन है। अमेरिका में ही इतनी निर्माण सामग्री है कि धरती के हर परिवार के लिए वॉशिंगटन स्थित संसद भवन जितना बड़ा महल खड़ा किया जा सकता है। गहन कृषि के कारण, यह देश इतना ऊन, कपास, लिनन और सिल्क पैदा करता है कि दुनिया के हर आदमी के पास एक से बढ़कर एक आकर्षक कपड़े होंगे, जिनके आगे राजा सोलोमन का भव्य रूप भी फीका पड़ जाएगा। साथ ही, सभी के सुख से जीने के लिए पर्याप्त भोजन भी उपजाया जा सकता है।

बड़े-बड़े निगमों या व्यावसायिक प्रतिष्ठान उनकी 'उड़ान पर लगाम' नहीं लगाते। लोग जब खास तरीके से अपना काम करने लग जाते हैं, तब वे निचले स्तर या मामूली वेतन वाले काम से तरक्की कर आगे बढ़ सकते हैं। धन का नियम उनके लिए भी वैसा ही होता है, जैसा कि अन्य सभी के लिए होता है।

जो सामने दिखता है, वह संसाधन तो व्यावहारिक रूप से असीमित है ही, जो नहीं दिखता, उसकी भी कोई सीमा नहीं है।

धरती पर आपको जो कुछ भी दिखता है, वह एक ईश्वरीय तत्त्व से बना है, जिससे यह पूरी सृष्टि चलती है।

नई-नई चीजें लगातार बन रही हैं और पुरानी नष्ट हो रही हैं, लेकिन वे सभी अनादि अनंत ईश्वर का ही रूप हैं।

ईश्वरीय उत्पाद की कोई सीमा नहीं है। यह संसार उसी से बना है, लेकिन इस संसार को बनाने में उसकी पूरी खपत नहीं कर दी गई। दृष्टिगोचर संसार के बीच, उसके भीतर और दृश्य संसार के विभिन्न रूपों में उसी ईश्वरीय तत्त्व का समावेश है और वे उससे भरे होते हैं, जो सभी वस्तुओं के लिए कच्चे माल के समान है। हजारों बार हम जितनी चीजें बना लें और बना भी रहे हैं, तब भी संसार को बनाने वाले उस कच्चे माल की कमी नहीं होने वाली है।

इस कारण कोई भी व्यक्ति इस कारण निर्धन नहीं होता, क्योंकि प्रकृति ने उसे निर्धन बनाया है या इतना धन ही नहीं कि वह कमा न सके।

प्रकृति में धन का ऐसा भंडार है, जो कभी समाप्त नहीं होगा। संसाधनों की आपूर्ति कभी कम नहीं पड़ेगी। ईश्वरीय तत्त्व रचनात्मक ऊर्जा से संपन्न है और निरंतर अलग-अलग रूपों को गढ़ता रहता है। जब निर्माण सामग्री कम पड़ जाएगी, तब उनकी जगह लेने वाली नई-नई सामग्री बनाई जाएगी। जब इतनी मिट्टी नहीं रह जाएगी कि अनाज पैदा हो और उस पर कपड़ों के लिए कच्चा माल न उपजे, तब विज्ञान के नए प्रयोगों से उसकी पूर्ति की जाएगी।

प्रकृति में धन का ऐसा भंडार है, जो कभी समाप्त नहीं होगा। संसाधनों की आपूर्ति कभी कम नहीं पड़ेगी। ईश्वरीय तत्त्व रचनात्मक ऊर्जा से संपन्न है और निरंतर अलग-अलग रूपों को गढ़ता रहता है। जब निर्माण सामग्री कम पड़ जाएगी, तब उनकी जगह लेने वाली नई-नई सामग्री बनाई जाएगी।

संपूर्ण मानव जाति के विषय में ऐसा कहा जा सकता है। इस पूरी जाति के पास धन की कभी कमी नहीं है, और कुछ लोग यदि निर्धन

हैं, तो इसका कारण यह है कि वे उन खास तरीकों से चीजें नहीं करते, जिनसे लोग अमीर बन जाते हैं।

इस ईश्वरीय तत्त्व में विवेक है। यह ऐसा तत्त्व है, जो विचार करता है। यह सजीव है और इसमें जीवन को सदैव अधिक-से-अधिक सुखी बनाने की इच्छा होती है।

किसी में भी अधिक-से-अधिक जीने की अनिवार्य रूप से स्वाभाविक इच्छा रहती है। बुद्धि में जहाँ इसे बड़ा बनाने की स्वाभाविक प्रवृत्ति होती है, वहीं सहज ज्ञान उसके दायरे को बढ़ाने और अपने आपको पूर्ण रूप से अभिव्यक्त करने की इच्छा को जगाता है। भिन्न-भिन्न स्वरूपों वाले संसार की रचना सजीव ईश्वरीय तत्त्व से हुई है, जो अपने आपको विभिन्न रूपों में अभिव्यक्त करता है।

यह संसार एक अद्‌भुत जीवंत रूप में है, जो हमेशा ही जीवन को अधिक समृद्ध और संपूर्ण बनाने की दिशा में बढ़ता रहता है।

यह प्रकृति जीवन की प्रगति के लिए बनी है। इसमें जीवन को आगे बढ़ाने की तीव्र इच्छा रहती है। इस कारण ही, जीवन में जो भी साधन होने चाहिए, उन्हें भरपूर मात्रा में उपलब्ध कराया गया है। उनकी कोई कमी नहीं हो सकती, क्योंकि ईश्वर कभी अपने विरुद्ध नहीं जाएँगे, न ही अपने कार्यों को विफल करेंगे।

आप धन की कमी के कारण निर्धन नहीं रहते। यह सच्चाई है और इसे इस प्रकार अच्छी तरह समझा जा सकता है कि अगर पुरुष या स्त्री खास तरीके से काम करें और सोचें तो उनकी इच्छा के अनुसार ईश्वरीय संसाधन भी उपयोग में लाए जाने के लिए उपलब्ध रहते हैं।

□

4

धनवान् होने के विज्ञान का पहला सिद्धांत

विचार ही वह शक्ति है, जो निराकार तत्त्व से वास्तविक संपत्ति उत्पन्न कर सकती है। वह पदार्थ, जिससे सब चीजें बनी हैं, एक तत्त्व है, जो सोचता है और इस तत्त्व में एक आकार के होने का विचार ही आकार का निर्माण करता है।

मूल तत्त्व अपने विचारों के अनुसार ही चलता है। प्रत्येक आकार और प्रक्रिया, जो आप प्रकृति में देखते हैं, वह मूल तत्त्व के विचार की प्रत्यक्ष अभिव्यक्ति है। जब निराकार तत्त्व एक आकार के बारे में विचार करता है तो वह वैसा ही आकार ले लेता है। जब वह किसी गतिविधि के बारे में सोचता है तो गतिशील हो जाता है। इसी प्रकार सब चीजों की रचना हुई थी। हम विचारों से भरे संसार में रहते हैं, जो विचारों से भरे ब्रह्मांड का हिस्सा है। एक गतिशील ब्रह्मांड का विचार संपूर्ण निराकार तत्त्व में फैल गया और उसके अनुसार चलनेवाले विचार तत्त्व ने ग्रहों की प्रणालियों का आकार ले लिया और अब वह उसी आकार में रहता है। विचार तत्त्व अपने विचार का आकार ले लेता है और उसी विचार का अनुसरण करता है। सूर्य और अन्य ग्रहों की परिक्रमा करने की प्रणाली के विचार को थामते हुए वह उन्हीं का आकार ले लेता है

और अपने विचार के अनुसार उन्हें गतिशील करता है। धीमी गति से बढ़नेवाले बलूत के पेड़ के बारे में सोचते हुए वह उसी गति से चलता है और पेड़ उत्पन्न करता है, जबकि उस कार्य को करने में सदियाँ लग सकती थीं। सृष्टि की रचना करने में निराकार तत्त्व स्वयं अपने द्वारा स्थापित गति की सीमाओं के अनुसार चलता है। एक बलूत के पेड़ का विचार तत्काल एक विशाल व पूर्ण रूप से विकसित पेड़ की छवि नहीं उत्पन्न करता; बल्कि वह उन शक्तियों को सक्रिय करता है, जो विकास की स्थापित प्रक्रिया के अनुसार पेड़ को उत्पन्न करेंगी।

यदि निराकार तत्त्व के अंदर एक विशेष बनावटवाले मकान का विचार डाला जाता है तो आवश्यक नहीं है कि वैसा मकान तत्काल बनकर खड़ा हो जाए। लेकिन वह उन रचनात्मक शक्तियों को, जो पहले से ही निर्माण के कार्य में संलग्न हैं, उस दिशा में मोड़ देगा, जो वैसे मकान के तीव्र निर्माण को संभव कर देंगी।

आकार का प्रत्येक विचार, जो विचार तत्त्व में ठहरता है, आकार के सृजन का कारण बनता है; लेकिन सदैव या कम-से-कम सामान्य तौर पर पूर्व स्थापित विकास की प्रक्रिया के अनुसार ही ऐसा होता है।

यदि निराकार तत्त्व के अंदर एक विशेष बनावटवाले मकान का विचार डाला जाता है तो आवश्यक नहीं है कि वैसा मकान तत्काल बनकर खड़ा हो जाए। लेकिन वह उन रचनात्मक शक्तियों को, जो पहले से ही निर्माण के कार्य में संलग्न हैं, उस दिशा में मोड़ देगा, जो वैसे मकान के तीव्र निर्माण को संभव कर देंगी। यदि वहाँ पूर्व स्थापित क्षेत्र नहीं हैं, जिनके माध्यम से रचनात्मक शक्तियाँ कार्य कर सकती हैं तो बिना जैविक और अजैविक संसार की सुस्त प्रक्रिया का इंतजार किए मकान का निर्माण सीधे मौलिक पदार्थ द्वारा हो जाएगा।

मूल तत्त्व के ऊपर किसी भी आकार का विचार बिना आकार का सृजन किए नहीं डाला जा सकता।

मनुष्य एक विचार का केंद्र-बिंदु है और वह विचार उत्पन्न कर सकता है। वे सभी आकार, जो मनुष्य अपने हाथों से तराशता है, पहले उसके विचारों में मौजूद होने चाहिए। वह किसी चीज को तब तक आकार नहीं दे सकता, जब तक उसने उस चीज के बारे में सोचा नहीं है।

और अभी तक मनुष्य ने अपने प्रयास पूर्ण रूप से अपने हाथों से किए कार्य तक सीमित रखे हैं। उसने पहले से मौजूद आकारों को बदलने या संशोधित करने के प्रयास में आकार की दुनिया में शारीरिक श्रम का उपयोग किया है। उसने कभी भी अपने विचारों को निराकार तत्त्व पर प्रभावी करके नए आकारों की रचना करने के बारे में नहीं सोचा है।

> ***और अभी तक मनुष्य ने अपने प्रयास पूर्ण रूप से अपने हाथों से किए कार्य तक सीमित रखे हैं। उसने पहले से मौजूद आकारों को बदलने या संशोधित करने के प्रयास में आकार की दुनिया में शारीरिक श्रम का उपयोग किया है। उसने कभी भी अपने विचारों को निराकार तत्त्व पर प्रभावी करके नए आकारों की रचना करने के बारे में नहीं सोचा है।***

जब मनुष्य के विचार आकार का रूप लेते हैं तो वह प्रकृति के आकारों से पदार्थ लेता है और अपने मन में स्थित आकार की एक छवि बनाता है। उसने अभी तक निराकार तत्त्व का सामंजस्य स्थापित करने का प्रयास बहुत कम या शायद बिल्कुल नहीं किया है, परमपिता के साथ काम करने का विचार नहीं किया है। उसने ऐसी कोई कल्पना नहीं की है कि वह जो परमपिता को करते देखता है, वह स्वयं भी कर सकता है। मनुष्य मौजूदा आकारों को शारीरिक श्रम द्वारा नया स्वरूप देकर संशोधित करता है। उसने इस प्रश्न पर बिल्कुल

ध्यान नहीं दिया है कि वह निराकार तत्त्व से अपने विचारों द्वारा संवाद स्थापित करके नए आकारों का सृजन कर सकता है या नहीं? हम यह साबित करने का प्रस्ताव रखते हैं कि वह ऐसा कर सकता है; यह साबित करना चाहते हैं कि कोई भी स्त्री या पुरुष ऐसा कर सकता है और दिखाना चाहते हैं कि कैसे? पहले कदम के तौर पर हम ये तीन मौलिक प्रस्ताव आपके सामने रखते हैं—

सबसे पहले हम यह दावा करते हैं कि एक मूल एवं निराकार तत्त्व है, जिसमें से सभी चीजें उत्पन्न हुई हैं। बाकी सभी अनगिनत प्रतीत होनेवाले तत्त्व उसी एक तत्त्व के विभिन्न स्वरूप हैं। जैविक और अजैविक प्रकृति में पाए जानेवाले असंख्य तत्त्व सिर्फ विभिन्न आकार हैं, जो उसी एक तत्त्व से बने हैं। ये तत्त्व विचार हैं; उसमें उत्पन्न होनेवाले विचार ही आकार लेते हैं। विचार तत्त्व के विचार ही आकार का सृजन करते हैं। मनुष्य विचारों का केंद्र है—मूल विचार उत्पन्न करने में सक्षम। यदि वह अपने विचार मूल तत्त्व तक प्रेषित कर सकता है तो उस छवि का सृजन या उसकी रचना कर सकता है, जो उसके मन में उत्पन्न विचारों के फलस्वरूप बनी है। संक्षेप में, एक विचार होता है, जिससे सभी चीजें बनती हैं और जो अपने मूल रूप में रिसता रहता है तथा ब्रह्मांड की खाली जगहों में फैलकर उन्हें भर देता है।

सबसे पहले हम यह दावा करते हैं कि एक मूल एवं निराकार तत्त्व है, जिसमें से सभी चीजें उत्पन्न हुई हैं। बाकी सभी अनगिनत प्रतीत होनेवाले तत्त्व उसी एक तत्त्व के विभिन्न स्वरूप हैं। जैविक और अजैविक प्रकृति में पाए जानेवाले असंख्य तत्त्व सिर्फ विभिन्न आकार हैं, जो उसी एक तत्त्व से बने हैं। ये तत्त्व विचार हैं; उसमें उत्पन्न होनेवाले विचार ही आकार लेते हैं।

इस तत्त्व में मौजूद एक विचार उस चीज का सृजन करता है,

जिसकी छवि मनुष्य के विचार में बनती है। मनुष्य अपने विचार में उन चीजों की छवि बना सकता है, जिनकी उसे आवश्यकता है। वह अपने विचार निराकार तत्त्व तक प्रेषित करके उन चीजों के सृजन को संभव कर सकता है।

मुझसे पूछा जा सकता है कि मैं इन तथ्यों को साबित कर सकता हूँ या नही ?; और विस्तार में जाए बिना मैं कहता हूँ कि मैं ऐसा कर सकता हूँ—तर्क और अनुभव दोनों की दृष्टि से।

विचार और आकार के तर्क से लौटकर मैं उस मूल विचार तत्त्व पर आता हूँ। मूल तत्त्व से तर्क को आगे बढ़ाते हुए मैं मनुष्य की उस शक्ति की ओर आता हूँ, जो अपनी सोची हुई चीज के सृजन को संभव करती है।

विचार और आकार के तर्क से लौटकर मैं उस मूल विचार तत्त्व पर आता हूँ। मूल तत्त्व से तर्क को आगे बढ़ाते हुए मैं मनुष्य की उस शक्ति की ओर आता हूँ, जो अपनी सोची हुई चीज के सृजन को संभव करती है।

प्रयोग करने पर मैं अपने तर्क को सही पाता हूँ और यह मेरा सबसे मजबूत प्रमाण है। यदि इस पुस्तक को पढ़नेवाला एक व्यक्ति इसमें दिए गए निर्देशों का पालन करके धनवान् बन जाता है तो यह मेरे दावे के समर्थन में एक प्रमाण होगा; लेकिन यदि प्रत्येक व्यक्ति, जो उन निर्देशों का पालन करता है, धनवान् बन जाता है तो यह एक सकारात्मक प्रमाण होगा, जब तक कि कोई उस प्रक्रिया से गुजरकर असफल न हो जाए। यह सिद्धांत तब तक सच्चा है, जब तक इसकी प्रक्रिया विफल नहीं होती। यह प्रक्रिया विफल नहीं होगी, क्योंकि प्रत्येक व्यक्ति, जो पूरी तरह इस पुस्तक में बताए अनुसार कार्य करता है, निश्चित रूप से धनवान् हो जाएगा।

मैंने कहा है कि मनुष्य एक निश्चित तरीके से कार्य करके धनवान्

हो जाते हैं और ऐसा करने के लिए मनुष्य को एक निश्चित तरीके से सोचने में सक्षम होना चाहिए। एक व्यक्ति के काम करने का तरीका चीजों के बारे में उसके सोचने के तरीके का सीधा परिणाम होता है। अपने काम उस तरीके से करने के लिए जिस प्रकार आप करना चाहते हैं, आपको उस प्रकार से सोचने की योग्यता प्राप्त करनी पड़ेगी, जिस प्रकार आप सोचना चाहते हैं। यह धनवान् होने की दिशा में आपका पहला कदम होगा।

जो आप सोचना चाहते हैं, वह सोचने का अर्थ है—सत्य सोचना, दिखावे की परवाह किए बिना। प्रत्येक व्यक्ति में वह सोचने की, जो वह सोचना चाहता है, स्वाभाविक और अंतर्निहित शक्ति होती है; लेकिन ऐसा करने के लिए दिखावे के लिए सोचने की तुलना में कहीं अधिक प्रयास की आवश्यकता होती है।

जो आप सोचना चाहते हैं, वह सोचने का अर्थ है—सत्य सोचना, दिखावे की परवाह किए बिना। प्रत्येक व्यक्ति में वह सोचने की, जो वह सोचना चाहता है, स्वाभाविक और अंतर्निहित शक्ति होती है; लेकिन ऐसा करने के लिए दिखावे के लिए सोचने की तुलना में कहीं अधिक प्रयास की आवश्यकता होती है। दिखाने के लिए सोचना आसान होता है; दिखावे की परवाह किए बिना सत्य के विषय में सोचना मुश्किल होता है। उसमें किसी और कार्य से अधिक ऊर्जा व शक्ति खर्च होती है।

अधिकतर व्यक्ति निरंतर एवं सतत सोच से ज्यादा और किसी श्रम से बचने का प्रयास नहीं करते। यह दुनिया का सबसे कठिन कार्य है। यह विशेष रूप से तब सच होता है, जब सत्य प्रत्यक्ष के विपरीत हो। इस प्रत्यक्ष संसार की प्रत्येक उपस्थिति मस्तिष्क में एक उसी के सदृश आकार बनाने की ओर प्रवृत्त रहती है, जिसका मस्तिष्क अवलोकन

करता है। इसे रोकने का एक ही तरीका है कि सत्य के विचार को मन में रोककर रखा जाए।

किसी रोग की उपस्थिति का विचार आपके मन में उस रोग का आकार उत्पन्न कर देगा और अंततोगत्वा आपके शरीर में भी, जब तक कि आप इस सत्य के विचार को मन में रोककर न रखें कि आपको कोई रोग नहीं है। यह सिर्फ एक आभास है और सच्चाई आपका अच्छा स्वास्थ्य है।

निर्धनता का विचार आपके मस्तिष्क में वैसा ही आकार उत्पन्न करेगा, जब तक कि आप इस सत्य पर स्थिर नहीं रहेंगे कि कहीं कोई निर्धनता नहीं है, सिर्फ विपुलता है।

रोगों की उपस्थिति से घिरे होने के बावजूद अच्छे स्वास्थ्य के बारे में सोचने के लिए या गरीबी की उपस्थिति के बीच रहकर समृद्धि के बारे में सोचने के लिए मानसिक शक्ति की आवश्यकता होती है; लेकिन जो यह शक्ति प्राप्त कर लेता है, वह एक मनीषी बन जाता है। वह भाग्य पर विजय प्राप्त कर सकता है; वह जो भी चाहता है, पा सकता है।

रोगों की उपस्थिति से घिरे होने के बावजूद अच्छे स्वास्थ्य के बारे में सोचने के लिए या गरीबी की उपस्थिति के बीच रहकर समृद्धि के बारे में सोचने के लिए मानसिक शक्ति की आवश्यकता होती है; लेकिन जो यह शक्ति प्राप्त कर लेता है, वह एक मनीषी बन जाता है। वह भाग्य पर विजय प्राप्त कर सकता है; वह जो भी चाहता है, पा सकता है।

यह शक्ति सिर्फ ब्रह्मांड की समस्त उपस्थितियों के पीछे के बुनियादी तथ्य को समझकर पाई जा सकती है। इस तथ्य को भी कि एक विचार है, जिसमें से और जिसके द्वारा सभी चीजों का सृजन हुआ है।

फिर हमें इस सत्य को समझना चाहिए कि इस तत्त्व में स्थित प्रत्येक विचार एक आकार लेता है और मनुष्य अपने विचार इस प्रकार

> ***जब हम इस सत्य को समझ लेते हैं तो हमारे मन से सारा संदेह और डर चला जाता है, क्योंकि हम जानते हैं कि हम जो भी चीज बनाना चाहते हैं, बना सकते हैं; जो चीज पाना चाहते हैं, पा सकते हैं और जो बनना चाहते हैं, बन सकते हैं।***

उस तत्त्व तक प्रेषित कर सकता है कि उनका भी आकार लेकर प्रत्यक्ष रूप में सामने आना संभव हो जाए।

जब हम इस सत्य को समझ लेते हैं तो हमारे मन से सारा संदेह और डर चला जाता है, क्योंकि हम जानते हैं कि हम जो भी चीज बनाना चाहते हैं, बना सकते हैं; जो चीज पाना चाहते हैं, पा सकते हैं और जो बनना चाहते हैं, बन सकते हैं। धनवान् बनने की दिशा में पहला कदम उठाने के लिए आपको इस अध्याय में पहले दिए तीनों मौलिक वक्तव्यों पर विश्वास करना पड़ेगा। उन वक्तव्यों के महत्त्व पर जोर देते हुए मैं उन्हें फिर से दोहराता हूँ—

- एक विचार है, जिसमें से सब चीजें बनी हैं और—जो अपने मूल रूप में रिसता रहता है और ब्रह्मांड के बीच की खाली जगहों में फैलकर उन्हें भरता रहता है।
- इस तत्त्व में उत्पन्न होनेवाला विचार उस चीज का सृजन करता है, जिसकी छवि विचार बनाता है।
- मनुष्य अपने विचार में किसी भी चीज की छवि बना सकता है और अपने उस विचार को निराकार तत्त्व तक प्रेषित करके उस चीज का प्रत्यक्ष रूप में निर्माण संभव कर सकता है।

आपको ब्रह्मांड से संबंधित अपनी प्रत्येक अवधारणा को किनारे करके सिर्फ इस वेदांत पर ध्यान देना चाहिए और इस पर तब तक अपना ध्यान केंद्रित करना चाहिए, जब तक यह आपके मानस में स्थापित न हो जाए और आपकी अभ्यस्त सोच न बन जाए। इन महत्त्वपूर्ण वक्तव्यों को बार-बार पढ़िए; इसके प्रत्येक शब्द को अपनी स्मृति में स्थिर कर

लीजिए और उन पर अपना संपूर्ण ध्यान केंद्रित करिए, जब तक कि आप उनमें दृढ़ता से विश्वास न करने लगें। यदि आपके मन में कोई संदेह उत्पन्न होता है तो उसे पाप समझकर मन से निकाल दीजिए। इन विचारों के विरुद्ध कोई बहस मत सुनिए; किसी ऐसी चर्चा में या व्याख्यानों में मत जाइए, जहाँ इन विचारों के विपरीत कोई अवधारणा सिखाई जाती हो या इनके विपरीत उपदेश दिया जाता हो। ऐसी पत्रिकाएँ या पुस्तकें मत पढ़िए, जो इनसे कुछ अलग सिखाती हों। यदि आप अपनी श्रद्धा और विश्वास को लेकर उलझ गए या दुविधा में पड़ गए तो आपके सारे प्रयास व्यर्थ हो जाएँगे।

यह मत पूछिए कि ये बातें सच क्यों हैं, न ही इस विषय में मंथन करिए कि यह सच कैसे हो सकती हैं ? बस, इन पर भरोसा कीजिए। धनवान् बनने का विज्ञान इसी विश्वास की संपूर्ण स्वीकृति से आरंभ होता है।

□

5

जीवन में वृद्धि

आपको उस पुरानी धारणा के अंतिम अवशेष से भी छुटकारा पाना होगा कि किसी देवी या देवता की इच्छा है कि आप निर्धन रहें या आपको निर्धन रखकर उनके किसी उद्देश्य की पूर्ति हो सकती है।

वह बुद्धिमान तत्त्व, जो सब है, सभी में है और जो सभी में रहता है और आप में भी रहता है, वह सचेतन जीवित तत्त्व है। सचेतन जीवित तत्त्व होने के नाते उसमें भी दीर्घ जीवन की अंतर्निहित चाहत और वही स्वभाव होना चाहिए, जो प्रत्येक जीवित बुद्धि में होता है। प्रत्येक जीवित वस्तु को अपने जीवन में वृद्धि की निरंतर चाहत होनी चाहिए, क्योंकि जीवन को जीने की क्रिया में अपना विस्तार करना ही चाहिए।

एक बीज, जिसे भूमि के अंदर डाल दिया जाता है, तत्काल गतिविधि में आ जाता है और जीने की क्रिया में सौ और बीज उत्पन्न करता है। जीवन भी जीने पर वृद्धि करता है। वह निरंतर अधिक होता रहता है; और यदि उसे अपना अस्तित्व बनाए रखना है तो उसे ऐसा करना ही पड़ेगा।

बुद्धि भी इस निरंतर बढ़ते रहने की आवश्यकता के अधीन है। प्रत्येक विचार, जो हमारे मन में आता है, यह आवश्यक कर देता है कि हमारे मन में दूसरा विचार उत्पन्न हो। चेतना की भी निरंतर वृद्धि

होती रहती है। प्रत्येक सत्य, जो हम सीखते हैं, हमें एक और सत्य को सीखने की ओर अग्रसर करता है; ज्ञान भी लगातार बढ़ता रहता है। प्रत्येक कौशल, जो हम विकसित करते हैं, हमारे मन में एक और कौशल विकसित करने की इच्छा उत्पन्न करता है। हम जीवन को जीने की तीव्र इच्छा के अधीन हैं, अभिव्यक्ति की तलाश में हैं, जो हमें सदैव अधिक जानने, अधिक करने और अधिक बनने की ओर प्रेरित करती है।

अधिक जानने, अधिक करने और अधिक बनने के लिए हमारे पास अधिक होना चाहिए। हमारे पास उपयोग करने के लिए चीजें होनी चाहिए; क्योंकि हम चीजों के प्रयोग से ही अधिक जानते, करते और बनते हैं। हमें धन अर्जित करना चाहिए, ताकि हम अधिक जी सकें।

धन-संपत्ति की चाहत सिर्फ एक सुख-सुविधा से परिपूर्ण समृद्ध जीवन पाने की क्षमता है। प्रत्येक इच्छा एक अनजानी संभावना के सक्रिय होने का प्रयास है। वह शक्ति, जो प्रकट होना चाहती है, मन में इच्छा उत्पन्न करती है। वह, जो आपके मन में और धन अर्जित करने की इच्छा पैदा करती है, वही पौधों का विकास भी करती है; वह जीवन है, संपूर्ण अभिव्यक्ति की तलाश में।

धन-संपत्ति की चाहत सिर्फ एक सुख-सुविधा से परिपूर्ण समृद्ध जीवन पाने की क्षमता है। प्रत्येक इच्छा एक अनजानी संभावना के सक्रिय होने का प्रयास है। वह शक्ति, जो प्रकट होना चाहती है, मन में इच्छा उत्पन्न करती है। वह, जो आपके मन में और धन अर्जित करने की इच्छा पैदा करती है, वही पौधों का विकास भी करती है; वह जीवन है, संपूर्ण अभिव्यक्ति की तलाश में।

उस एक जीवित तत्त्व को संपूर्ण जीवन के अंतर्निहित सिद्धांत के अधीन रहना चाहिए। वह और अधिक जीवन पाने की इच्छा से तर-बतर

है; इसीलिए वह चीजों की रचना करने की आवश्यकता के अधीन है।

वह एक तत्त्व आपके अंदर और अधिक रहना चाहता है, इसलिए वह चाहता है कि आपके पास हर वह चीज हो, जिसका आप उपयोग कर सकते हैं। यह ईश्वर की इच्छा है कि आप धनवान् हों। वह ऐसा इसलिए चाहता है, क्योंकि वह आपके माध्यम से स्वयं को बेहतर अभिव्यक्ति दे पाएगा। यदि आपके पास ढेर सारी चीजें होंगी, जिनका उपयोग आप उसे अभिव्यक्त करने के लिए कर सकते हैं। वह आप में ज्यादा रह सकता है, यदि आपके पास जीवन को जीने के लिए पर्याप्त साधन हैं।

ब्रह्मांड चाहता है कि आपके पास वह सबकुछ हो, जो आप पाना चाहते हैं। प्रकृति आपकी योजनाओं के प्रति मित्रवत् है। सबकुछ स्वाभाविक रूप से आपके लिए है। अपने मन को मना लीजिए कि यह सब सच है। हालाँकि यह आवश्यक है कि आपका उद्‌देश्य उस उद्‌देश्य के अनुरूप हो, जो उस सर्वव्यापी का है।

ब्रह्मांड चाहता है कि आपके पास वह सबकुछ हो, जो आप पाना चाहते हैं। प्रकृति आपकी योजनाओं के प्रति मित्रवत् है। सबकुछ स्वाभाविक रूप से आपके लिए है। अपने मन को मना लीजिए कि यह सब सच है। हालाँकि यह आवश्यक है कि आपका उद्‌देश्य उस उद्‌देश्य के अनुरूप हो, जो उस सर्वव्यापी का है।

आपके मन में वास्तविक जीवन की आकांक्षा होनी चाहिए, सिर्फ विषयी संतुष्टि से प्राप्त आनंद की नहीं। जीवन कर्मों का निष्पादन है और एक व्यक्ति वास्तव में तब जीता है, जब वह अपने प्रत्येक कर्म का शारीरिक, मानसिक एवं आध्यात्मिक बिना किसी अतिशयोक्ति के निष्पादन करता है।

आप एक नीचता भरा जीवन जीने के लिए, पशु-वृत्ति की संतुष्टि के लिए धनवान् नहीं होना चाहते; यह जीवन नहीं है। लेकिन प्रत्येक

शारीरिक क्रिया का निष्पादन जीवन का एक अंग है और कोई भी व्यक्ति, जो शरीर की इच्छाओं को एक सामान्य और स्वस्थ अभिव्यक्ति नहीं देता, वह पूर्ण रूप से जीवन नहीं जीता।

आप सिर्फ मानसिक खुशी पाने के लिए धनवान् नहीं बनना चाहते; बल्कि ज्ञान प्राप्त करने के लिए, अपनी महत्त्वाकांक्षा पूरी करने के लिए, दूसरों से आगे निकलने के लिए या प्रसिद्ध होने के लिए। ये सभी चीजें जीवन के लिए न्यायसंगत हैं; लेकिन जो व्यक्ति सिर्फ अपने मस्तिष्क के आनंद के लिए जीता है, वह एक अधूरा जीवन जिएगा और कभी भी पूर्ण रूप से संतुष्ट नहीं होगा।

आप सिर्फ दूसरों का भला करने के लिए धनवान् नहीं बनना चाहते : मानव जीवन की मुक्ति के लिए स्वयं को भुलाना, त्याग और परोपकार से मिलनेवाली खुशी को अनुभव करना, सिर्फ यही नहीं चाहते। आत्मा की खुशी जीवन का सिर्फ एक हिस्सा है और यह बाकी हिस्सों से बेहतर नहीं है।

आप सिर्फ दूसरों का भला करने के लिए धनवान् नहीं बनना चाहते : मानव जीवन की मुक्ति के लिए स्वयं को भुलाना, त्याग और परोपकार से मिलनेवाली खुशी को अनुभव करना, सिर्फ यही नहीं चाहते। आत्मा की खुशी जीवन का सिर्फ एक हिस्सा है और यह बाकी हिस्सों से बेहतर नहीं है।

आप इसलिए धनवान् बनना चाहते हैं, ताकि जब खाने-पीने, नाचने-गाने का समय हो तो आप खा-पी सकें, नाच-गा सकें; ताकि आप अपने आसपास सुंदर चीजें एकत्रित कर सकें, दूर-दराज की जगहें देख सकें; अपनी बुद्धि—ज्ञान की भूख शांत करके उसका विकास कर सकें; ताकि आप मानव जाति से प्रेम कर सकें और नेक कर्म करें, संसार को सत्य की खोज करने में सहायता करें।

लेकिन याद रखिए कि परोपकार की अति स्वार्थीपन की अति से

बेहतर या नेक नहीं होती; दोनों ही चीजें गलत हैं। इस विचार को मन से निकाल दीजिए कि ईश्वर चाहता है, आप दूसरों के लिए अपना त्याग कर दें और यदि आप ऐसा करेंगे तो वह आप पर प्रसन्न हो जाएगा। ईश्वर को ऐसे किसी त्याग की आवश्यकता नहीं है।

वह चाहता है कि आप जीवन को अपना सर्वश्रेष्ठ दें—अपने लिए और दूसरों के लिए। जो सर्वोत्तम हो, वह करें। दूसरों की सहायता करने का सबसे अच्छा तरीका है, अपने प्रत्येक कार्य में अपना सर्वश्रेष्ठ देना। आप अपना सर्वश्रेष्ठ दे सकते हैं धनवान् बनकर; इसलिए यह उचित और प्रशंसनीय है कि आप अपना सर्वप्रथम और सर्वोत्तम विचार धन अर्जित करने की ओर ले जाएँ।

जो सर्वोत्तम हो, वह करें। दूसरों की सहायता करने का सबसे अच्छा तरीका है, अपने प्रत्येक कार्य में अपना सर्वश्रेष्ठ देना। आप अपना सर्वश्रेष्ठ दे सकते हैं धनवान् बनकर; इसलिए यह उचित और प्रशंसनीय है कि आप अपना सर्वप्रथम और सर्वोत्तम विचार धन अर्जित करने की ओर ले जाएँ।

हालाँकि आपको याद रखना चाहिए कि तत्त्व की इच्छा सबके लिए समान होती है और उसकी गतिविधि सबके लिए अधिक जीवन प्राप्त करने की दिशा में होनी चाहिए। उससे किसी के लिए कम और किसी के लिए अधिक जीवन प्राप्त करने की अपेक्षा नहीं की जा सकती, क्योंकि वह सब में समान रूप से रहता है और सबके लिए समृद्धि तथा जीवन की तलाश में रहता है।

बुद्धिमान तत्त्व आपके लिए चीजों का सृजन तो करेगा, लेकिन वह किसी और से चीजें छीनकर आपको नहीं देगा। आपको अपने मन से प्रतिस्पर्धा का विचार निकाल देना चाहिए। आपको सृजन करना है; जो पहले से बना हुआ है, उससे मुकाबला नहीं करना है। आपको किसी

से कोई चीज छीननी नहीं है। आपको किसी से सौदेबाजी नहीं करनी है। आपको बेईमानी नहीं करनी है, न ही किसी का लाभ उठाना है। आपको किसी को भी अपने लिए उससे कम वेतन में काम नहीं करने देना है, जितना वह पहले से प्राप्त करता है।

आपको किसी की संपत्ति का लोभ नहीं करना है, न ही उसे हासिल करने की इच्छा मन में लानी है। किसी भी व्यक्ति के पास ऐसी कोई चीज नहीं है, जो आपको नहीं मिल सकती, वह भी उसके पास से लिये बिना।

आपको किसी की संपत्ति का लोभ नहीं करना है, न ही उसे हासिल करने की इच्छा मन में लानी है। किसी भी व्यक्ति के पास ऐसी कोई चीज नहीं है, जो आपको नहीं मिल सकती, वह भी उसके पास से लिये बिना।

आपको निर्माता बनना है, प्रतिस्पर्धी नहीं। आप जो चीज पाना चाहते हैं, वह आपको मिलेगी, लेकिन इस प्रकार कि जब वह आपको मिलेगी, तब हर दूसरे व्यक्ति के पास उससे अधिक होगा, जितना अभी है।

मैं जानता हूँ कि संसार में ऐसे व्यक्ति हैं, जो उपर्युक्त वक्तव्यों के ठीक विपरीत जाकर बहुत सारा धन अर्जित कर लेते हैं और मैं यहाँ कुछ स्पष्टीकरण देना चाहता हूँ। धनिक-तंत्रीय वर्ग के लोग, जो अत्यधिक धनवान् बन जाते हैं, कभी-कभी सिर्फ प्रतिस्पर्धा की दुनिया में अपनी अद्भुत योग्यता के बल पर ऐसा कर लेते हैं और कभी-कभी वे अनजाने में निराकार तत्त्व से संबंध स्थापित कर लेते हैं—औद्योगिक विकास के माध्यम से जाति का व्यापक निर्माण करने के उसके महान् उद्देश्य और गतिविधियों से जुड़कर। रॉकफेलर, कार्नेगी, मॉर्गन इत्यादि उत्पादक उद्योग को व्यवस्थित और संगठित करने के आवश्यक कार्य में उस सर्वोच्च शक्ति के अचेतन प्रतिनिधि रहे हैं और अंत में, उनके किए कार्य सबके बेहतर जीवन की ओर महत्त्वपूर्ण योगदान करेंगे। उनका समय

तो लगभग पूरा हो चला है। उन्होंने उत्पादन को व्यवस्थित कर दिया है और शीघ्र ही उनके स्थान पर जन-साधारण की भीड़ में से प्रतिनिधि आएँगे, जो वितरण प्रणाली को व्यवस्थित करेंगे।

करोड़पति धनकुबेर आदिकाल के दैत्याकार सर्पों की भाँति हैं। वे विकासवादी प्रक्रिया में महत्त्वपूर्ण भूमिका निभा रहे हैं; लेकिन वही शक्ति, जिसने उनका निर्माण किया था, उन्हें नष्ट भी कर देगी। और हमारे लिए यह समझना उचित होगा कि वे सही मायनों में कभी धनी थे ही नहीं। इस वर्ग के अधिकतर लोगों के व्यक्तिगत जीवन के अभिलेख साबित कर देंगे कि वास्तव में वे सबसे अधम और नीच किस्म के निर्धन थे।

करोड़पति धनकुबेर आदिकाल के दैत्याकार सर्पों की भाँति हैं। वे विकासवादी प्रक्रिया में महत्त्वपूर्ण भूमिका निभा रहे हैं; लेकिन वही शक्ति, जिसने उनका निर्माण किया था, उन्हें नष्ट भी कर देगी। और हमारे लिए यह समझना उचित होगा कि वे सही मायनों में कभी धनी थे ही नहीं।

प्रतिस्पर्धा की भूमि पर अर्जित किया गया धन कभी संतुष्टि प्रदान करनेवाला और स्थायी नहीं होता। वह धन आज आपका है, कल किसी और का होगा। याद रखिए, यदि आपको वैज्ञानिक और विशेष तरीके से धनवान् बनना है तो आपको प्रतिस्पर्धा की भावना से पूरी तरह ऊपर उठना होगा। आपको एक पल के लिए भी नहीं सोचना चाहिए कि यहाँ साधन सीमित हैं। जैसे ही आप यह सोचना आरंभ करेंगे कि सारा पैसा बैंकों एवं अन्य लोगों के कब्जे व नियंत्रण में है और आपको इस प्रक्रिया को रोकनेवाला कानून पारित करवाने के लिए बल लगाना चाहिए, इत्यादि-इत्यादि; वैसे ही आप प्रतिस्पर्धात्मक प्रवृत्ति में आ जाएँगे और कुछ समय के लिए आपकी रचनात्मक शक्ति आपसे दूर हो जाएगी। इससे भी बुरी बात यह है कि आप पहले जो सृजनात्मक

गतिविधियाँ आरंभ कर चुके थे, उनमें भी शायद रुकावट आ जाएगी।

इस बात को जानिए कि संसार भर के पर्वतों में असीमित मात्रा में सोना मौजूद है। वह अभी प्रकाश में भी नहीं आया। यह भी जान लीजिए कि यदि इतना सोना नहीं भी होता तो आपकी आवश्यकता की पूर्ति के लिए बुद्धिमान तत्त्व द्वारा उत्पन्न कर दिया जाता।

इस बात को जानिए कि जिन पैसों की आपको आवश्यकता है, वे आपके पास आएँगे, भले ही उसके लिए कल हजार लोगों को सोने की नई खानों की तलाश में जाना पड़े।

कभी भी प्रत्यक्ष साधनों की ओर मत देखिए; सदैव उस निराकार तत्त्व के अंदर की असीमित संपत्ति की ओर देखिए और जानिए कि वह आपकी ओर उतनी ही तेजी से आ रही है, जितनी तेजी से आप उसे ग्रहण करके उसका उपयोग कर सकेंगे। कोई भी प्रत्यक्ष साधनों पर कब्जा करके उस चीज को आप तक पहुँचने से नहीं रोक सकता, जो आपकी है।

सदैव उस निराकार तत्त्व के अंदर की असीमित संपत्ति की ओर देखिए और जानिए कि वह आपकी ओर उतनी ही तेजी से आ रही है, जितनी तेजी से आप उसे ग्रहण करके उसका उपयोग कर सकेंगे। कोई भी प्रत्यक्ष साधनों पर कब्जा करके उस चीज को आप तक पहुँचने से नहीं रोक सकता, जो आपकी है।

इसलिए एक पल के लिए भी अपने मन में यह विचार मत आने दीजिए कि यदि आप जल्दी नहीं करेंगे तो जब तक आप अपना मकान बनवाने के लिए तैयार होंगे, सभी अच्छी जमीनें हाथ से निकल जाएँगी। ट्रस्टों और गठबंधनों से कभी मत घबराइए। यह मत सोचिए कि वे कभी भी आकर पूरे संसार पर कब्जा कर लेंगे! इस बात से कभी मत डरिए कि जो आप चाहते हैं, वह आपको नहीं मिलेगा; क्योंकि कोई

आपसे पहले उस चीज तक पहुँच जाएगा। ऐसा होने की संभावना नहीं है। आप ऐसी कोई चीज नहीं चाहते, जो किसी और के अधिकार में है। आप तो निराकार तत्त्व द्वारा उस चीज के सृजन का कारण बन रहे हैं, जो आप चाहते हैं और उसकी आपूर्ति असीमित है। इन सूत्रबद्ध वक्तव्यों को थामकर रखिए—

- एक विचार है, जिसमें से सब चीजें बनी हैं और जो अपने मूल रूप में रिसता रहता है और ब्रह्मांड के बीच की खाली जगहों में फैलकर उन्हें भरता रहता है।
- इस तत्त्व में उत्पन्न होनेवाला विचार, उस चीज का सृजन करता है, जिसकी छवि विचार बनाता है।
- मनुष्य अपने विचार में किसी भी चीज की छवि बना सकता है और अपने उस विचार को निराकार तत्त्व तक प्रेषित करके उस चीज का प्रत्यक्ष रूप में निर्माण संभव कर सकता है।

□

6

धन आप तक कैसे आता है?

जब मैं कहता हूँ कि आपको किसी से अधिक सौदेबाजी नहीं करनी है तो मेरा तात्पर्य यह नहीं है कि आपको सौदेबाजी करनी ही नहीं है या आपको अपने साथ के लोगों से मोल-तोल करने की आवश्यकता ही नहीं है। मेरा तात्पर्य है कि आपको उनके साथ अनुचित सौदा करने की आवश्यकता नहीं है। आपको बिना कुछ दिए कुछ लेना नहीं है; बल्कि आप प्रत्येक व्यक्ति को उससे अधिक दे सकते हैं, जितना आप उससे लेते हैं।

आप जो चीज किसी से लेते हैं, उसके बाजार भाव के अनुपात में अधिक नकद मूल्य तो उसे नहीं दे सकते, लेकिन उस चीज के अनुपात में अधिक उपयोग मूल्य अवश्य दे सकते हैं। इस पुस्तक में प्रयुक्त कागज, स्याही और अन्य चीजों का मूल्य शायद उन पैसों से कम होगा, जो आप इसके लिए देंगे; लेकिन यदि इस पुस्तक में सुझाए गए विचारों का अनुसरण करके आपको हजारों डॉलर मिलते हैं तो आप इस पुस्तक के विक्रेताओं द्वारा ठगे नहीं गए हैं। उन्होंने आपको एक छोटे से नकद मूल्य के बदले एक बहुत बड़ा उपयोगी मूल्य दिया है।

मान लीजिए, मेरे पास एक महान् चित्रकार का बनाया हुआ चित्र है, जिसकी कीमत किसी भी सभ्य समुदाय में हजारों डॉलर है। मैं उसे

बैफिन बे ले जाता हूँ और सेल्समैनशिप के जरिए एक एस्किमो को उसके बदले 500 डॉलर मूल्य का एक बंडल फर देने के लिए फुसला लेता हूँ। वास्तव में तो मैंने उसे ठगा ही है, क्योंकि वह चित्र उसके किसी काम का नहीं है; उसके लिए उस चित्र का कोई मूल्य नहीं है; वह उसके जीवन में कोई महत्त्व नहीं रखेगी।

लेकिन मान लीजिए, मैं उसे उस फर के बंडल के बदले 50 डॉलर की एक गन देता हूँ, तब कहा जा सकता है कि उसने एक अच्छा सौदा किया है। गन उसके बहुत काम आएगी; वह उसे और अधिक फर तथा बहुत सारा भोजन दिलाएगी; वह उसके जीवन को हर प्रकार से बेहतर बनाएगी; वह उसे धनवान् बनाएगी।

मैं उसे उस फर के बंडल के बदले 50 डॉलर की एक गन देता हूँ, तब कहा जा सकता है कि उसने एक अच्छा सौदा किया है। गन उसके बहुत काम आएगी; वह उसे और अधिक फर तथा बहुत सारा भोजन दिलाएगी; वह उसके जीवन को हर प्रकार से बेहतर बनाएगी; वह उसे धनवान् बनाएगी।

जब आप प्रतिस्पर्धात्मक प्रवृत्ति से रचनात्मक प्रवृत्ति में आ जाते हैं तो आप अपने व्यापारिक लेन-देन की बहुत कड़ाई से जाँच कर सकते हैं। यदि आप किसी व्यक्ति को कोई ऐसी चीज बेच रहे हैं, जो उसके जीवन में उस चीज से ज्यादा महत्त्व नहीं रखती, जो वह आपको उसके बदले दे रहा है तो आप उस सौदे को रोक सकते हैं। आपको व्यापार में किसी को मात देने की आवश्यकता नहीं है। और यदि आप ऐसे व्यापार में संलग्न हैं, जहाँ एक-दूसरे को मात दी जाती हो तो आप तत्काल उससे बाहर निकल जाइए।

प्रत्येक व्यक्ति को उपयोग मूल्य में उससे अधिक दीजिए, जितना आप उससे नकद मूल्य में लेते हैं। ऐसा करके आप प्रत्येक व्यापारिक

लेन-देन के माध्यम से संसार के सामान्य जीवन में वृद्धि करेंगे।

यदि आपके अधीन काम करनेवाले कर्मचारी हैं तो आपको उनसे नकद मूल्य में उससे अधिक लेना चाहिए, जो आप उन्हें वेतन के रूप में देते हैं; लेकिन आप अपने व्यापार को इस प्रकार व्यवस्थित कर सकते हैं कि वह प्रगति के सिद्धांत से परिपूर्ण हो। हर वह कर्मचारी, जिसके मन में इच्छा हो, थोड़ी-थोड़ी प्रगति प्रतिदिन कर सके।

आप अपने व्यापार द्वारा अपने कर्मचारियों के लिए वह कर सकते हैं, जो यह पुस्तक आपके लिए कर रही है। आप अपने व्यापार का प्रबंधन इस प्रकार कर सकते हैं कि वह एक सीढ़ी की तरह हो जाए, जिस पर चढ़कर हर वह कर्मचारी, जो परिश्रम करना चाहता है, स्वयं समृद्धि तक पहुँच जाए और अवसर प्राप्त होने पर भी यदि वह आवश्यक परिश्रम नहीं करता तो वह आपकी गलती नहीं होगी।

आप अपने व्यापार द्वारा अपने कर्मचारियों के लिए वह कर सकते हैं, जो यह पुस्तक आपके लिए कर रही है। आप अपने व्यापार का प्रबंधन इस प्रकार कर सकते हैं कि वह एक सीढ़ी की तरह हो जाए, जिस पर चढ़कर हर वह कर्मचारी, जो परिश्रम करना चाहता है, स्वयं समृद्धि तक पहुँच जाए और अवसर प्राप्त होने पर भी यदि वह आवश्यक परिश्रम नहीं करता तो वह आपकी गलती नहीं होगी।

और अंत में, चूँकि आपको अपने पूरे वातावरण में व्याप्त निराकार तत्त्व से अपनी समृद्धि की रचना करवानी है, इसका यह मतलब नहीं है कि वह वातावरण में ही आकार लेकर आपकी आँखों के सामने आ जाएगी।

उदाहरण के तौर पर, यदि आपको एक सिलाई मशीन चाहिए, मैं यह नहीं कहता कि आप निराकार तत्त्व पर सिलाई मशीन के विचार को तब तक स्थिर करके रखिए, जब तक मशीन बिना हाथों का उपयोग

किए बनकर तैयार नहीं हो जाती है! चाहे उस कमरे में जहाँ आप बैठे हैं या कहीं और, लेकिन यदि आपको सिलाई मशीन चाहिए तो उसकी मानसिक छवि को मन में स्थिर करके रखिए, पूर्ण सकारात्मक विश्वास के साथ कि वह बन रही है या वह आपके पास आने वाली है। एक बार आपके मन में यह विचार बन जाता है तो इस बात पर पूर्ण और निर्विवाद विश्वास रखिए कि सिलाई मशीन आपके पास आ रही है। इस विश्वास के अलावा कि मशीन आ रही है, न कुछ और सोचिए, न कहिए। मान लीजिए कि वह आपकी हो गई है।

वह आप तक उस सर्वोच्च बुद्धि की शक्ति के माध्यम से आएगी, जो मनुष्यों के मस्तिष्क में कार्य करती है। यदि आप मेन में रहते हैं तो हो सकता है कि कोई व्यक्ति टेक्सास या जापान से किसी ऐसे सौदे के लिए वहाँ बुलाया जाए, जिसकी वजह से आपको वह चीज मिल जाए, जो आप पाना चाहते हैं।

वह आप तक उस सर्वोच्च बुद्धि की शक्ति के माध्यम से आएगी, जो मनुष्यों के मस्तिष्क में कार्य करती है। यदि आप मेन में रहते हैं तो हो सकता है कि कोई व्यक्ति टेक्सास या जापान से किसी ऐसे सौदे के लिए वहाँ बुलाया जाए, जिसकी वजह से आपको वह चीज मिल जाए, जो आप पाना चाहते हैं।

यदि ऐसा हुआ तो यह पूरा सौदा उस व्यक्ति के लिए भी उतना ही लाभप्रद होगा, जितना आपके लिए। एक पल के लिए भी इस तथ्य को मत भूलिए कि विचार तत्त्व सबके अंदर होता है, सबके आसपास होता है, सबके संपर्क में होता है और सबको प्रभावित कर सकता है। विचार तत्त्व की अधिक परिपूर्ण और बेहतर जीवन की आकांक्षा ने अब तक बन चुकी सभी सिलाई मशीनों के निर्माण को संभव किया है। यही तत्त्व लाखों और सिलाई मशीनों के निर्माण को संभव कर सकता है—और

करेगा भी, जब भी मनुष्य उसे अपनी इच्छा व विश्वास द्वारा बाध्य करेंगे और उस विशेष तरीके से कार्य करेंगे।

आप निश्चित रूप से अपने घर में एक सिलाई मशीन ला सकते हैं और यह उतना ही निश्चित है, जितना आपका अपनी इच्छा की कोई और चीज या चीजें लाना, जिनका उपयोग आप अपनी और दूसरों की प्रगति के लिए करेंगे।

आपको और अधिक पाने की इच्छा करने में हिचकिचाने की आवश्यकता नहीं है। यह तुम्हारे परम पिता की इच्छा है कि वे तुम्हें पूरा साम्राज्य दें 'जीसस' कहते थे।

मूल तत्त्व आपकी हर संभावना को प्रकट करना चाहता है और चाहता है कि आपके पास वह सबकुछ हो, जिसका उपयोग आप एक समृद्ध एवं विपुल जीवन जीने के लिए कर सकते हैं या करेंगे।

यदि आप अपनी चेतना में इस तथ्य को स्थापित कर लेते हैं कि धन-संपत्ति पाने की जो इच्छा आपके मन में है, वह सर्वशक्तिमान की पूर्ण अभिव्यक्ति की इच्छा के साथ एकाकार है तो आपका विश्वास अजेय हो जाएगा।

यदि आप अपनी चेतना में इस तथ्य को स्थापित कर लेते हैं कि धन-संपत्ति पाने की जो इच्छा आपके मन में है, वह सर्वशक्तिमान की पूर्ण अभिव्यक्ति की इच्छा के साथ एकाकार है तो आपका विश्वास अजेय हो जाएगा।

एक बार मैंने एक छोटे से लड़के को पियानो के सामने बैठकर उसके बटनों के साथ सामंजस्य बैठाने का प्रयास करते देखा। मैंने देखा कि वह उसमें से वास्तविक संगीत उत्पन्न कर पाने की अपनी असमर्थता के कारण दु:खी और खीझा हुआ था। मैंने उसके चिढ़ने का कारण पूछा तो उसने उत्तर दिया, ''मैं अपने अंदर संगीत महसूस कर सकता हूँ; लेकिन मेरे हाथ सही बटनों पर नहीं पहुँच पा रहे हैं।'' उसके अंदर का

संगीत मूल तत्त्व की प्रेरणा थी, जिसमें पूरे जीवन की समस्त संभावनाएँ निहित थीं। जो कुछ भी संगीत में होता है, उस बालक के माध्यम से अभिव्यक्ति की तलाश कर रहा था।

ईश्वर, वह एक संपूर्ण तत्त्व, मनुष्यों के माध्यम से जीवन को जीने और उसका आनंद प्राप्त करने का प्रयास कर रहा है। वह कह रहा है, मुझे हाथों की आवश्यकता है—अद्‍भुत आकारों का निर्माण करने के लिए, दिव्य संगीत उत्पन्न करने के लिए, भव्य तसवीरें बनाने के लिए; मुझे पाँव चाहिए, जो मेरे काम करने के लिए कहीं भी जा सकें; आँखें चाहिए, जो मेरे रचे सौंदर्य को निहार सकें; जिह्वा चाहिए, जो बड़े-बड़े सत्य बोल सके और मधुर गीत गा सके, इत्यादि-इत्यादि।

ब्रह्मांड में जितनी भी संभावनाएँ हैं, वे मनुष्यों के माध्यम से अभिव्यक्ति की तलाश कर रही हैं। ईश्वर चाहता है कि जो लोग भी संगीत में रुचि रखते हैं, उनके पास पियानो और संगीत के अन्य उपकरण हों और साथ ही वे सभी साधन भी हों, जो उनकी प्रतिभा को पूर्ण रूप से विकसित करने में सहायता कर सकें।

ब्रह्मांड में जितनी भी संभावनाएँ हैं, वे मनुष्यों के माध्यम से अभिव्यक्ति की तलाश कर रही हैं। ईश्वर चाहता है कि जो लोग भी संगीत में रुचि रखते हैं, उनके पास पियानो और संगीत के अन्य उपकरण हों और साथ ही वे सभी साधन भी हों, जो उनकी प्रतिभा को पूर्ण रूप से विकसित करने में सहायता कर सकें। वह चाहता है कि जो लोग सौंदर्य की सराहना करना जानते हैं, वे अपने आसपास खूबसूरत चीजें एकत्र कर सकें; जो लोग सत्य को पहचानने की क्षमता रखते हैं, उन्हें यात्रा करने और नई चीजों एवं स्थानों का अवलोकन करने के भरपूर अवसर मिलें। जो लोग अच्छी पोशाकों की सराहना कर सकते हैं, उन्हें

पहनने के लिए अच्छे व सुंदर कपड़े मिलें और जो अच्छे भोजन की सराहना कर सकें, उन्हें खाने के लिए स्वादिष्ट पकवान मिलें।

वह ऐसा चाहता है, क्योंकि वह स्वयं इन चीजों की सराहना करता है और उनसे आनंद प्राप्त करता है। वह ईश्वर ही है, जो खेलना चाहता है, गाना चाहता है, सौंदर्य को देखकर आनंदित होना चाहता है, सत्य को प्रकट करना चाहता है, सुंदर पोशाकें पहनना चाहता है और स्वादिष्ट पकवान खाना चाहता है। वह ईश्वर ही है, जो आपके अंदर रहकर आपसे अपनी इच्छानुसार कार्य करवाता है।''' संत पॉल कहते थे।

आपके अंदर धन अर्जित करने की इच्छा असीमित है और वह आप में उसी प्रकार ईश्वर को अभिव्यक्त करना चाहती है, जैसे पियानो बजाते उस छोटे से बालक में करना चाहती थी।

इसलिए, आपको और अधिक की इच्छा करने में हिचकिचाने की आवश्यकता नहीं है। आपका काम है, ध्यान केंद्रित करके अपनी इच्छा ईश्वर के सामने व्यक्त करना।

यही काम अधिकतर लोगों के लिए मुश्किल होता है। उनकी अभी भी वही पुरानी सोच है कि निर्धनता और आत्म-बलिदान से ईश्वर प्रसन्न होता है। वे निर्धनता को एक योजना का हिस्सा समझते हैं, प्रकृति की एक आवश्यकता। उनका विचार है कि ईश्वर ने अपना काम समाप्त कर लिया है और हर उस चीज की रचना कर ली है, जिसकी वह कर सकता था; और अधिकतर लोगों को निर्धन ही रहना पड़ेगा, क्योंकि उनके लिए ईश्वर ने पर्याप्त साधन उपलब्ध नहीं किए हैं।

यही काम अधिकतर लोगों के लिए मुश्किल होता है। उनकी अभी भी वही पुरानी सोच है कि निर्धनता और आत्म-बलिदान से ईश्वर प्रसन्न होता है। वे निर्धनता को एक योजना का हिस्सा समझते हैं, प्रकृति की

एक आवश्यकता। उनका विचार है कि ईश्वर ने अपना काम समाप्त कर लिया है और हर उस चीज की रचना कर ली है, जिसकी वह कर सकता था; और अधिकतर लोगों को निर्धन ही रहना पड़ेगा, क्योंकि उनके लिए ईश्वर ने पर्याप्त साधन उपलब्ध नहीं किए हैं। वे इस बेतुकी और गलत सोच को इस तरह पकड़कर बैठे हैं कि वे धन की माँग करने में शर्म महसूस करते हैं। वे प्रयास करते हैं कि एक साधारण सी संपन्नता से अधिक की इच्छा न करें; बस, उनके पास इतना हो कि वे एक ठीक–ठाक–सा, आरामदायक जीवन व्यतीत कर सकें।

मुझे अब उस छात्र का किस्सा याद आ रहा है, जिसे बताया गया था कि उसे अपने मन में उन चीजों की स्पष्ट छवि बनानी चाहिए, जिन्हें वह पाना चाहता है, ताकि उनका रचनात्मक विचार निराकार तत्त्व तक पहुँच सके। वह एक बहुत गरीब आदमी था, किराए के घर में रहता था और उसके पास उतने ही पैसे होते थे, जितने वह रोज कमाता था। वह इस बात को समझ नहीं पाया कि उसे सबकुछ प्राप्त हो सकता है! इसलिए बहुत सोच–विचार करने के बाद उसने निर्णय लिया कि उसे अपने घर के सबसे अच्छे कमरे के लिए एक नई दरी माँगनी चाहिए और ठंड के मौसम में घर को गरम रखने के लिए एक कोयले का स्टोव। इस पुस्तक में दिए गए निर्देशों का पालन करके उसने कुछ ही महीनों में ये दोनों चीजें प्राप्त कर लीं; और फिर उसे एहसास हुआ

उसने उस घर के अंदर चक्कर लगाकर, जिसमें वह रहता था, योजना बनाई कि वह उसमें क्या-क्या बदलाव चाहता था। उसने अपने मन में कहीं एक खिड़की तथा कहीं एक दरवाजा और बनवाने का विचार किया, जब तक कि उसके मन में उसके सपनों के आदर्श घर जैसा स्वरूप नहीं बन गया; फिर उसने उसकी साज-सज्जा की रूपरेखा बनाई।

कि उसने पर्याप्त नहीं माँगा था। उसने उस घर के अंदर चक्कर लगाकर, जिसमें वह रहता था, योजना बनाई कि वह उसमें क्या-क्या बदलाव चाहता था। उसने अपने मन में कहीं एक खिड़की तथा कहीं एक दरवाजा और बनवाने का विचार किया, जब तक कि उसके मन में उसके सपनों के आदर्श घर जैसा स्वरूप नहीं बन गया; फिर उसने उसकी साज-सज्जा की रूपरेखा बनाई।

उस पूरी छवि को अपने मन में रखकर उसने उस विशेष तरीके से काम करना और अपनी इच्छा-पूर्ति की ओर बढ़ना शुरू किया। अब वह उस घर का स्वामी है और अपने मन में निर्मित छवि के अनुसार घर का नवीनीकरण करवा रहा है। अब पहले से अधिक विश्वास के साथ वह और विशाल लक्ष्य की ओर बढ़ रहा है। यह उसका विश्वास था, जिसने उसे यहाँ तक पहुँचाया; और ऐसा ही हमारे व आपके साथ भी हो सकता है।

□

7

आभार

पिछले अध्याय में दिए उदाहरणों ने पाठक तक यह संदेश तो पहुँचा ही दिया होगा कि धनवान् बनने की ओर पहला कदम है—अपनी इच्छाओं को विचार के रूप में निराकार तत्त्व तक संप्रेषित करना।

यह सच है और आप देखेंगे कि ऐसा करने के लिए यह आवश्यक हो जाता है कि आप निराकार तत्त्व से सामंजस्यपूर्ण तरीके से संबंध स्थापित करें।

यह सामंजस्यपूर्ण संबंध स्थापित करना इतना महत्त्वपूर्ण और प्रमुख मुद्‌दा है कि मैं यहाँ उसकी चर्चा को स्थान दूँगा और आपको कुछ निर्देश दूँगा, जिनका यदि आप पालन करेंगे तो निश्चित रूप से आप ईश्वर के साथ मानसिक रूप से एकाकार हो जाएँगे। मानसिक सामंजस्य और प्रायश्चित्त की संपूर्ण प्रक्रिया को एक शब्द में अभिव्यक्त किया जा सकता है और वह है आभार।

सर्वप्रथम, आप विश्वास कीजिए कि ब्रह्मांड में एक बुद्धिमान तत्त्व है, जिसमें से सब चीजें उत्पन्न होती हैं; दूसरी बात, आप विश्वास कीजिए कि यह तत्त्व आपको हर वह चीज देता है, जिसे पाने की आपके मन में इच्छा होती है और तीसरी बात, आप गहन और अगाध कृतज्ञता

की भावना के साथ उससे मानसिक संबंध स्थापित कीजिए।

बहुत से लोग, जो अपने जीवन में हर काम सही तरीके से करते हैं, सिर्फ कृतज्ञता की कमी के कारण निर्धन रह जाते हैं। ईश्वर से एक उपहार मिलने के बाद उसका आभार न प्रकट करके वे उससे संपर्क जोड़नेवाले सारे तार काट देते हैं।

यह समझना आसान है कि हम जितना ही धन के स्रोत के निकट रहेंगे, उतना ही अधिक धन हमें प्राप्त होगा; और यह समझना भी आसान है कि वह आत्मा, जो हमेशा कृतज्ञ रहती है, ईश्वर के ज्यादा नजदीक होती है, बजाय उसके, जो कभी ईश्वर की ओर आभार प्रकट नहीं करती।

अच्छी चीजें प्राप्त होने पर हम जितनी अधिक कृतज्ञता के साथ ईश्वर की ओर देखेंगे, उतनी ही और अच्छी चीजें हमें प्राप्त होंगी और वह भी शीघ्रता से। इसका सीधा-सा कारण यह है कि कृतज्ञता की मानसिक प्रवृत्ति हमें उस स्रोत के और नजदीक ले जाती है, जहाँ से हमें वरदान मिलता है।

अच्छी चीजें प्राप्त होने पर हम जितनी अधिक कृतज्ञता के साथ ईश्वर की ओर देखेंगे, उतनी ही और अच्छी चीजें हमें प्राप्त होंगी और वह भी शीघ्रता से। इसका सीधा-सा कारण यह है कि कृतज्ञता की मानसिक प्रवृत्ति हमें उस स्रोत के और नजदीक ले जाती है, जहाँ से हमें वरदान मिलता है।

यदि यह विचार आपके लिए नया है कि कृतज्ञता आपके संपूर्ण मन को ब्रह्मांड की रचनात्मक शक्तियों के अधिक संपर्क में ले आती है तो इसके बारे में ध्यान से सोचिए और आप समझ जाएँगे कि यह सच है। जो अच्छी चीजें आपके पास पहले से हैं, वे आपके पास कुछ सिद्धांतों के पालन की वजह से आई हैं। कृतज्ञता आपके मन को उन सिद्धांतों की ओर ले जाएगी, जिनके कारण आपको चीजें प्राप्त होती हैं और आपको

रचनात्मक विचार के संपर्क में रखेगी, साथ ही आपको प्रतिस्पर्धात्मक प्रवृत्ति में जाने से रोकेगी।

सिर्फ कृतज्ञता ही आपको उस सर्वोच्च शक्ति की ओर देखते रहने के लिए प्रेरित करेगी और आपको इस गलत सोच में पड़ने से बचाएगी कि संसार में सीमित साधन हैं; क्योंकि यह सोच आपकी उम्मीदों के लिए घातक हो सकती है।

कृतज्ञता का एक नियम होता है और यदि आप अपनी इच्छा के अनुकूल परिणाम चाहते हैं तो यह परम आवश्यक है कि आप उस नियम का पालन करें।

कृतज्ञता का नियम वह प्राकृतिक सिद्धांत है कि क्रिया एवं प्रतिक्रिया सदा समान होते हैं और विपरीत दिशाओं में होते हैं। आपके मन का कृतज्ञता के साथ ईश्वर की ओर बढ़कर उसकी स्तुति करना शक्ति का व्यय अथवा मुक्ति है; वह जिसके प्रति संबोधित है, उस तक निश्चित रूप से पहुँचेगी और प्रतिक्रिया-स्वरूप तत्काल आपकी ओर कदम बढ़ाएगी। आप ईश्वर की ओर कदम बढ़ाइए, वह आपकी ओर कदम बढ़ाएगा। यह एक मनोवैज्ञानिक सत्य है।

कृतज्ञता का नियम वह प्राकृतिक सिद्धांत है कि क्रिया एवं प्रतिक्रिया सदा समान होते हैं और विपरीत दिशाओं में होते हैं। आपके मन का कृतज्ञता के साथ ईश्वर की ओर बढ़कर उसकी स्तुति करना शक्ति का व्यय अथवा मुक्ति है; वह जिसके प्रति संबोधित है, उस तक निश्चित रूप से पहुँचेगी और प्रतिक्रिया-स्वरूप तत्काल आपकी ओर कदम बढ़ाएगी।

आपका आभार दृढ़ और निरंतर है तो निराकार तत्त्व की प्रतिक्रिया भी दृढ़ और निरंतर होगी; जो चीजें आप चाहते हैं, वे हमेशा आपकी दिशा में गतिशील रहेंगी। जीसस की आभार प्रकट करने की प्रवृत्ति पर

ध्यान दीजिए। कैसे वे हमेशा कहते थे, 'मैं आपका आभारी हूँ, परमपिता कि आप मेरी बात सुनते हैं।' कृतज्ञता की भावना के बिना आप अधिक शक्ति का प्रदर्शन नहीं कर सकते, क्योंकि कृतज्ञता ही शक्ति से आपका संपर्क बनाए रखती है।

लेकिन कृतज्ञता का महत्त्व सिर्फ भविष्य में आपको अधिक आशीर्वाद या वरदान दिलाना नहीं है। कृतज्ञता के अभाव में आप वर्तमान स्थिति के प्रति असंतोष की भावना मन में आने से नहीं रोक सकते।

जैसे ही आप अपने मन में चीजों के वर्तमान स्वरूप के बारे में असंतोष की भावना को घर करने देते हैं, वैसे ही आप अपना आधार खोने लगते हैं। आप अपना ध्यान सामान्य, साधारण, निर्धन, अधम और स्वार्थी लोगों पर केंद्रित करने लगते हैं और आपके मस्तिष्क में वैसे ही आकार रूप लेने लगते हैं। फिर आप उन्हीं आकारों या उनकी मानसिक छवि को निराकार तत्त्व तक प्रेषित करेंगे और सामान्य, साधारण, निर्धन, अधम एवं स्वार्थी लोग आपके पास आने लगेंगे।

आप अपना ध्यान सामान्य, साधारण, निर्धन, अधम और स्वार्थी लोगों पर केंद्रित करने लगते हैं और आपके मस्तिष्क में वैसे ही आकार रूप लेने लगते हैं। फिर आप उन्हीं आकारों या उनकी मानसिक छवि को निराकार तत्त्व तक प्रेषित करेंगे और सामान्य, साधारण, निर्धन, अधम एवं स्वार्थी लोग आपके पास आने लगेंगे।

अपने मस्तिष्क में निम्न स्तर के लोगों का विचार आने देने का अर्थ है— स्वयं भी निम्न स्तर का बनना और निम्न स्तर की चीजों से घिर जाना।

दूसरी ओर, अपना ध्यान सर्वोत्तम चीजों की ओर केंद्रित करने का अर्थ है—सर्वोत्तम चीजों से घिर जाना और स्वयं भी सर्वश्रेष्ठ बनना।

हमारे अंदर की रचनात्मक शक्ति हमें वही छवि प्रदान करने लगती है, जिस पर हम अपना ध्यान केंद्रित करते हैं।

हम विचार करनेवाले तत्त्व हैं और विचार तत्त्व सदा उसी चीज का आकार लेता है, जिसके बारे में वह सोचता है।

कृतज्ञ मन सदा सर्वश्रेष्ठ पर स्थिर रहता है, इसलिए वह सर्वश्रेष्ठ बनने की राह पर अग्रसर रहता है। वह सर्वश्रेष्ठ का आकार या चरित्र ग्रहण करता है और उसको सर्वश्रेष्ठ ही मिलता है।

साथ ही विश्वास भी कृतज्ञता से उत्पन्न होता है। कृतज्ञ मन निरंतर अच्छी चीजों की अपेक्षा करता है और उसकी अपेक्षा विश्वास का रूप ले लेती है। मनुष्य के अपने मन पर कृतज्ञता की प्रतिक्रिया विश्वास उत्पन्न करती है और मन से निकलनेवाली कृतज्ञतापूर्ण धन्यवाद की प्रत्येक तरंग उस विश्वास को बढ़ाती है। वह व्यक्ति, जिसके मन में कृतज्ञता की कोई भावना नहीं है, अधिक समय तक अपने विश्वास को बनाए नहीं रख सकता और स्थिर विश्वास के अभाव में आप रचनात्मक प्रक्रिया द्वारा धनवान् नहीं बन सकते, जैसा कि हम आगे आनेवाले अध्यायों में देखेंगे।

ईश्वर ने बहुत लंबे समय तक और बहुत धैर्य के साथ काम करके हमें उस जगह पहुँचाया है, जहाँ आज हमारा उद्योग और सरकार है और वह अपना काम बिल्कुल सही तरीके से कर रहा है। इस बात में कोई संदेह नहीं है कि वह धनिक-तंत्र, ट्रस्टी वर्ग, उद्योगों के मालिकों और राजनेताओं को उनका काम पूरा होते ही निर्मूल कर देगा; लेकिन तब तक यह सोचिए कि वे सब बहुत अच्छे हैं।

इसलिए, यह आवश्यक है कि आप अपने पास आनेवाली हर अच्छी चीज और अपने साथ होनेवाली हर अच्छी घटना के प्रति आभार व्यक्त करने की आदत अपने अंदर विकसित

करें और निरंतर धन्यवाद कहते रहें।

चूँकि हर एक चीज ने आपकी प्रगति में अपना योगदान दिया है, इसलिए अपने आभार में उन सबको शामिल करें। धनिक-तंत्र के सत्ताधिकारियों या प्रभावशाली ट्रस्टियों की धाँधलियों और कमियों के बारे में सोचने या चर्चा करने में अपना समय बरबाद मत करिए। संसार में उनकी बनाई व्यवस्था ही आपको अवसर प्रदान करती है; जो कुछ भी आपको प्राप्त होता है, वास्तव में उन्हीं के माध्यम से आप तक आता है।

भ्रष्ट राजनेताओं पर क्रोध मत करिए। यदि राजनेता नहीं होते तो हम अव्यवस्था व अराजकता के दलदल में गिर पड़ते और आपके हाथ आए अवसर काफी हद तक कम हो जाते।

ईश्वर ने बहुत लंबे समय तक और बहुत धैर्य के साथ काम करके हमें उस जगह पहुँचाया है, जहाँ आज हमारा उद्योग और सरकार है और वह अपना काम बिल्कुल सही तरीके से कर रहा है। इस बात में कोई संदेह नहीं है कि वह धनिक-तंत्र, ट्रस्टी वर्ग, उद्योगों के मालिकों और राजनेताओं को उनका काम पूरा होते ही निर्मूल कर देगा; लेकिन तब तक यह सोचिए कि वे सब बहुत अच्छे हैं। याद रखिए कि वे हस्तांतरण की प्रक्रिया को व्यवस्थित करने में सहायता कर रहे हैं, जिसके माध्यम से आपको आपका धन प्राप्त होगा। इसलिए उनके प्रति आभारी रहिए। इस प्रकार, आप सभी चीजों के अंदर की अच्छाई से सामंजस्यपूर्ण संबंध स्थापित कर पाएँगे और वह अच्छाई आपकी ओर बढ़ने लगेगी।

□

8

सोचने का विशेष तरीका

छठे अध्याय पर वापस जाइए और उस व्यक्ति की कहानी फिर से पढ़िए, जिसने अपने घर की मानसिक छवि बनाई थी—और आपको अंदाजा हो जाएगा कि धनवान् होने की ओर प्रारंभिक कदम क्या होना चाहिए? आपको जो चीज चाहिए, उसकी एक स्पष्ट और निश्चित मानसिक छवि बनानी होगी। आप किसी विचार को तब तक संचारित नहीं कर सकते, जब तक कि आप स्वयं उसके बारे में नहीं सोचते।

आप किसी को कुछ दे सकें, उससे पहले वह आपके पास होना चाहिए। बहुत से लोग इसीलिए विचार तत्त्व को प्रभावित नहीं कर पाते, क्योंकि जो चीजें वे पाना चाहते हैं या जो वे बनना या करना चाहते हैं, खुद उनके पास उन चीजों का अस्पष्ट और धुँधला-सा विचार होता है।

यह पर्याप्त नहीं है कि आपके अंदर धन अर्जित करने की एक सामान्य-सी इच्छा हो, ताकि आप उससे कुछ अच्छा कर सकें। यह इच्छा सभी के अंदर होती है।

यह पर्याप्त नहीं है कि आपके मन में यात्रा करने की, नई चीजें देखने की, अधिक जीने की या ऐसी ही अन्य इच्छाएँ हों। ये इच्छाएँ भी सबके मन में होती हैं। यदि आपको अपने मित्र को तार द्वारा संदेश भेजना है तो आप वर्णों को उनके क्रम से भेजकर उससे स्वयं संदेश का

प्रारूप तैयार करने की अपेक्षा नहीं करेंगे, न ही आप शब्दकोश में से बिना सोचे-समझे शब्द लेकर उसे भेजेंगे। आप उसको एक स्पष्ट, समझ में आनेवाला वाक्य लिखकर भेजेंगे; ऐसा वाक्य, जिसका कोई मतलब हो। जब आप अपनी इच्छाएँ विचार तत्त्व तक प्रेषित करने का प्रयास करें तो याद रखें कि वह भी एक स्पष्ट, तर्कसंगत वाक्य की भाँति होना चाहिए। आपको ज्ञात होना चाहिए कि आप क्या चाहते हैं और आपका विचार निश्चित होना चाहिए। आप अस्पष्ट इच्छाएँ और अधूरी लालसाएँ प्रेषित करके न तो रचनात्मक शक्तियों को गतिशील बना सकते हैं और न ही आप धनवान् बन सकते हैं।

अपनी इच्छाओं के बारे में अच्छी तरह सोचिए, जैसे उस व्यक्ति ने अपने घर के बारे में सोचा था। ध्यान से विचार करिए कि आप वास्तव में क्या चाहते हैं और अपने मन में उसकी वैसी ही स्पष्ट छवि बनाइए, जैसी आप उस चीज को अपने पास आने पर देखना चाहते हैं।

अपनी इच्छाओं के बारे में अच्छी तरह सोचिए, जैसे उस व्यक्ति ने अपने घर के बारे में सोचा था। ध्यान से विचार करिए कि आप वास्तव में क्या चाहते हैं और अपने मन में उसकी वैसी ही स्पष्ट छवि बनाइए, जैसी आप उस चीज को अपने पास आने पर देखना चाहते हैं।

वह स्पष्ट मानसिक छवि आपके मस्तिष्क में निरंतर रहनी चाहिए, जैसे एक नाविक के मस्तिष्क में वह बंदरगाह रहता है, जिसकी तरफ वह अपना जहाज ले जा रहा है। आपको हर समय उसी की ओर उन्मुख रहना है। आपको उसे अपनी आँखों से ओझल नहीं होने देना है, ठीक उसी प्रकार जैसे नाविक अपने कंपास को आँखों से ओझल नहीं होने देता।

एकाग्रचित्त होने के लिए व्यायाम करने की आवश्यकता नहीं है, न ही प्रार्थना और प्रतिज्ञान के लिए विशेष समय तय करने की आवश्यकता है और न मौन व्रत धारण करने की या कोई गुप्त पूजा-पाठ करने की।

ये सब चीजें अपनी जगह ठीक हैं; लेकिन आपके लिए सिर्फ इतना जानना आवश्यक है कि आप क्या चाहते हैं और इतनी तीव्रता से चाहना आवश्यक है कि वह चीज सदैव आपके विचारों में बनी रहे।

अपने खाली समय में जितना हो सके, उस छवि के बारे में चिंतन और मनन कीजिए; लेकिन किसी को भी ऐसी चीज के ऊपर ध्यान केंद्रित करने के लिए मानसिक व्यायाम की आवश्यकता नहीं होती, जिसे वह सच में पाना चाहता है। प्रयास तो उन चीजों पर ध्यान केंद्रित करने के लिए करना पड़ता है, जिनकी आपको विशेष परवाह नहीं होती।

अपने खाली समय में जितना हो सके, उस छवि के बारे में चिंतन और मनन कीजिए; लेकिन किसी को भी ऐसी चीज के ऊपर ध्यान केंद्रित करने के लिए मानसिक व्यायाम की आवश्यकता नहीं होती, जिसे वह सच में पाना चाहता है। प्रयास तो उन चीजों पर ध्यान केंद्रित करने के लिए करना पड़ता है, जिनकी आपको विशेष परवाह नहीं होती।

और जब तक कि आप धनवान् होने के प्रति वास्तव में गंभीर नहीं होंगे और आपकी इच्छा इतनी दृढ़ व प्रबल नहीं होगी कि वह आपके विचारों को थामकर रख सके, ताकि वे अपना उद्देश्य पूरा कर सकें, जैसे एक मैग्नेटिक पोल कंपास की सूई को थामकर रखता है, तब तक आपके लिए इस पुस्तक में दिए निर्देशों का पालन करना व्यर्थ होगा।

इस पुस्तक में दिए उपाय उन लोगों के लिए हैं, जिनकी धनवान् बनने की इच्छा इतनी प्रबल है कि वे अपने मानसिक आलस्य और आरामतलबी की आदत पर विजय प्राप्त करके उस दिशा में कार्य करना प्रारंभ कर सकते हैं।

फिर आप जितनी स्पष्ट और निश्चित छवि बनाएँगे और जितना उस

पर अपना ध्यान केंद्रित करेंगे, उसके बारे में आनंदमय विवरण एकत्रित करेंगे, उतनी ही आपकी इच्छा और प्रबल होती जाएगी; और जितनी प्रबल आपकी इच्छा होगी, उतना ही आसान आपके लिए अपने मन को उस चीज की छवि पर स्थिर रखना होगा, जिसे आप पाना चाहते हैं।

हालाँकि छवि को स्पष्ट रूप से देखने के अलावा भी कुछ करना आवश्यक है। यदि आप सिर्फ उतना ही करते हैं तो आप सिर्फ एक सपने देखनेवाले व्यक्ति हैं और आप में उपलब्धि पाने की क्षमता बहुत कम या बिल्कुल नहीं होगी।

आपकी स्पष्ट दृष्टि के पीछे उसे प्राप्त करने का उद्देश्य होना चाहिए—उसे एक ठोस अभिव्यक्ति के रूप में प्रकट करने का उद्देश्य और इस उद्देश्य के पीछे एक अजेय व अटल विश्वास होना चाहिए कि वह चीज आपकी हो चुकी है; कि वह चीज आपके लिए उपलब्ध है और आपको सिर्फ उसे अपने अधिकार में लेना है। अपने नए घर में तब तक मानसिक रूप से रहिए, जब तक वह आपके आसपास भौतिक आकार नहीं ले लेता। मानसिक दायरे में हर उस चीज का भरपूर आनंद लीजिए, जिन्हें पाने की आपको इच्छा है। प्रार्थना करते समय तुम ईश्वर से जो कुछ भी माँगते हो, मान लो कि वह तुम्हें मिल गया है और वह तुम्हें मिल जाएगा, जीसस कहते थे।

आपकी स्पष्ट दृष्टि के पीछे उसे प्राप्त करने का उद्देश्य होना चाहिए—उसे एक ठोस अभिव्यक्ति के रूप में प्रकट करने का उद्देश्य और इस उद्देश्य के पीछे एक अजेय व अटल विश्वास होना चाहिए कि वह चीज आपकी हो चुकी है; कि वह चीज आपके लिए उपलब्ध है और आपको सिर्फ उसे अपने अधिकार में लेना है।

जो चीजें आप पाना चाहते हैं, उन्हें इस प्रकार देखिए, जैसे वास्तव

में वे हमेशा से आपके आसपास थीं। महसूस करिए कि वे आपके अधिकार में हैं और आप उनका उपयोग कर रहे हैं। कल्पना में उनका इस प्रकार उपयोग कीजिए, जैसे आप तब करेंगे, जब वे वास्तविक रूप में आपके पास होंगी। अपनी कल्पना पर तब तक ध्यान केंद्रित कीजिए, जब तक कि वह एक स्पष्ट और विशिष्ट छवि का रूप नहीं ले लेती और फिर स्वामित्व के मानसिक दृष्टिकोण को उस छवि के पूर्ण स्वरूप की ओर ले जाइए। अपने मन में उस चीज को अपने अधिकार में कर लीजिए, पूरे विश्वास के साथ कि वह वास्तव में आपकी है। इस मानसिक स्वामित्व को मन में स्थिर करके रखिए। इस विश्वास को एक पल के लिए भी मत छोड़िए कि वह सच में है।

अपनी कल्पना पर तब तक ध्यान केंद्रित कीजिए, जब तक कि वह एक स्पष्ट और विशिष्ट छवि का रूप नहीं ले लेती और फिर स्वामित्व के मानसिक दृष्टिकोण को उस छवि के पूर्ण स्वरूप की ओर ले जाइए। अपने मन में उस चीज को अपने अधिकार में कर लीजिए, पूरे विश्वास के साथ कि वह वास्तव में आपकी है।

और याद करिए कि पिछले अध्याय में कृतज्ञता के विषय में क्या कहा गया था! उसके लिए निरंतर आभार प्रकट करते रहिए, जैसे आप तब करते, जब आपको वह भौतिक स्वरूप में मिल जाती। वह व्यक्ति, जो उन चीजों के लिए भी ईश्वर का पूरी निष्ठा के साथ आभार प्रकट कर सकता है, जो उसे अभी सिर्फ कल्पना में प्राप्त हुई हैं, सच्चा विश्वास रखता है। वह निश्चित रूप से धनवान् बनेगा; वह हर उस चीज के सृजन का कारण बनेगा, जिसे पाने की उसकी आकांक्षा है।

आपको जो चीज चाहिए, उसके लिए बार-बार प्रार्थना करने की आवश्यकता नहीं है; ईश्वर को प्रतिदिन उसके बारे में बताना आवश्यक

नहीं होता। व्यर्थ की पुनरावृत्ति मत करो, जैसे बुतपरस्त करते हैं। जीसस ने अपने शिष्यों से कहा था, ''तुम्हारे परम पिता को तुम्हारे कहने से पहले ही पता है कि तुम्हें किस चीज की आवश्यकता है।''

आपका काम है एक बेहतर जीवन के लिए आवश्यक चीजों के प्रति अपनी इच्छा को बुद्धिमानी के साथ सूत्रबद्ध करना और फिर सभी इच्छाओं को एक संपूर्ण व स्पष्ट रूप देना और फिर इस संपूर्ण रूप को निराकार तत्त्व तक प्रेषित करना, जिसमें उन चीजों को भौतिक आकार देने की शक्ति और इच्छा है।

आप निराकार तत्त्व तक अपनी इच्छाओं को बार-बार कुछ शब्द दोहराकर प्रेषित नहीं कर सकते। आप उस तक अपनी बात पहुँचाते हैं, अपनी मानसिक छवि को स्थिरता से थामकर, उसे प्राप्त करने के अटल व अडिग उद्देश्य के साथ और इस दृढ़ विश्वास के साथ कि आप उसे प्राप्त कर लेंगे।

आप निराकार तत्त्व तक अपनी इच्छाओं को बार-बार कुछ शब्द दोहराकर प्रेषित नहीं कर सकते। आप उस तक अपनी बात पहुँचाते हैं, अपनी मानसिक छवि को स्थिरता से थामकर, उसे प्राप्त करने के अटल व अडिग उद्देश्य के साथ और इस दृढ़ विश्वास के साथ कि आप उसे प्राप्त कर लेंगे।

आपकी प्रार्थना का जवाब आपके उस विश्वास के आधार पर नहीं मिलता, जो आप बोलते समय व्यक्त करते हैं; बल्कि उस विश्वास के आधार पर मिलता है, जो आप कर्म करते समय व्यक्त करते हैं। ईश्वर के मन को प्रभावित करने का तरीका यह नहीं है कि आप उसे अपने मन की बात बताने के लिए सप्ताह का कोई विशेष दिन तय करें और बाकी दिनों में उसको भूल जाएँ। आप कुछ घंटों के लिए कमरे में जाकर उसकी प्रार्थना करके उसे प्रभावित नहीं कर सकते, यदि उसके बाद आप उसे प्रार्थना के अगले निश्चित समय तक अपने मन से निकाल देते हैं।

मौखिक प्रार्थना अच्छी होती है और उसका असर भी होता है, विशेष तौर से आपके ऊपर; क्योंकि वह आपके विचारों को स्पष्टता और विश्वास को दृढ़ता प्रदान करती है; लेकिन वह आपकी मौखिक प्रार्थना नहीं होती, जो आपको वह सब दिलाती है, जो आप चाहते हैं। धनवान् होने के लिए प्रार्थना का एक प्यारा-सा घंटा पर्याप्त नहीं होता। आपको निरंतर प्रार्थना करने की आवश्यकता होती है। और प्रार्थना से मेरा तात्पर्य है, अपने विचार को दृढ़ता से थामकर रखना, उसके ठोस आकार में सृजन का कारण बनने का उद्देश्य लेकर और यह विश्वास लेकर कि आप ऐसा सच में कर रहे हैं।

विश्वास कीजिए कि आपको सब प्राप्त हो रहा है। यह पूरी बात प्राप्त करने की दिशा में चली जाती है, जब आपके विचारों में स्पष्टता आ जाती है। जब आप अपने मन में स्पष्ट छवि बना लें तो एक मौखिक प्रार्थना करना उचित होगा, ईश्वर को श्रद्धा के साथ संबोधित करते हुए; और उसी पल से आपको अपने मन में वह प्राप्त करना शुरू कर देना चाहिए, जिसकी छवि आपने अपने मन में बनाई थी।

विश्वास कीजिए कि आपको सब प्राप्त हो रहा है। यह पूरी बात प्राप्त करने की दिशा में चली जाती है, जब आपके विचारों में स्पष्टता आ जाती है। जब आप अपने मन में स्पष्ट छवि बना लें तो एक मौखिक प्रार्थना करना उचित होगा, ईश्वर को श्रद्धा के साथ संबोधित करते हुए; और उसी पल से आपको अपने मन में वह प्राप्त करना शुरू कर देना चाहिए, जिसकी छवि आपने अपने मन में बनाई थी। नए घर में रहिए, अच्छे कपड़े पहनिए, कार में घूमिए, बाहर घूमने जाइए तथा आत्मविश्वास के साथ और बड़ी यात्राओं की योजना बनाइए। जो भी चीजें आपने ईश्वर से माँगी हैं, उनके बारे में ऐसे सोचिए और बात

करिए, जैसे वे अभी भी आपके पास ही हों! एक अच्छे परिवेश की कल्पना कीजिए और बिल्कुल ऐसी आर्थिक स्थिति की, जैसी आप चाहते हों—और फिर हर समय उसी काल्पनिक परिवेश और वैसी ही आर्थिक स्थिति में रहिए। इस बात पर अवश्य ध्यान दीजिए कि आप यह सब सिर्फ सपने देखने और हवाई महल बनानेवाले एक व्यक्ति की तरह न करें, इस विश्वास को अटल रखिए कि आपकी कल्पना साकार हो रही है और उस उद्देश्य को भी कि आपको उसे प्राप्त करना है। याद रखिए कि कल्पना के साकार होने में विश्वास और उद्देश्य ही हैं, जो एक वैज्ञानिक और एक सपने देखनेवाले में अंतर करते हैं। इस तथ्य को समझ लेने के बाद अब आपको इच्छा का उचित उपयोग सीखना चाहिए।

□

9

इच्छा का उपयोग कैसे करें?

धनवान् बनने की राह पर वैज्ञानिक तरीके से चलने के लिए आपको अपनी इच्छा-शक्ति का उपयोग स्वयं अपने अलावा कहीं करने का प्रयास नहीं करना है। वैसे भी, आपको ऐसा करने का अधिकार नहीं है। अपनी इच्छा का उपयोग किसी और स्त्री या पुरुष पर करना, ताकि वे आपके कहे अनुसार काम करें, गलत होता है।

मानसिक शक्ति द्वारा लोगों को किसी कार्य के लिए विवश करना उतना ही नीच काम है, जितना कि उनको शारीरिक शक्ति के बल पर विवश करना। यदि शारीरिक बल द्वारा लोगों को अपना काम करने के लिए मजबूर करना उन्हें गुलामों की श्रेणी में ले आता है तो मानसिक बल द्वारा मजबूर करना भी वही करता है; अंतर सिर्फ दोनों के तरीकों में है। यदि शारीरिक बल का प्रयोग करके लोगों से चीजें लेना चोरी है तो मानसिक बल द्वारा चीजें लेना भी चोरी ही है; दोनों ही बातों में सिद्धांत वही है।

आपको अपनी इच्छा-शक्ति का प्रयोग किसी और पर उसके भले के लिए करने का भी अधिकार नहीं है; क्योंकि आप नहीं जानते कि उसके लिए क्या अच्छा है? धनवान् बनने का विज्ञान आपको किसी भी प्रकार से दूसरे व्यक्ति पर अपने बल या शक्ति का प्रयोग करने के लिए

नहीं कहता। ऐसा करने की जरा सी भी आवश्यकता नहीं है; बल्कि अपनी इच्छा दूसरों पर थोपने का प्रयास आपके उद्देश्य की पूर्ति में बाधा ही उत्पन्न करेगा।

आपको अपनी इच्छा चीजों पर भी नहीं थोपनी है, उन्हें विवश करने के लिए कि वे आपके पास आ जाएँ। ऐसा करना ईश्वर को बाध्य करने जैसा होगा, मूर्खतापूर्ण एवं व्यर्थ कार्य होगा और साथ ही ईश्वर के प्रति अनादर भी। आपको ईश्वर को बाध्य नहीं करना है कि वे आपको अच्छी चीजें दें, जैसे आप अपनी इच्छा से सूर्य को उदय नहीं कर सकते।

आपको अपनी इच्छा चीजों पर भी नहीं थोपनी है, उन्हें विवश करने के लिए कि वे आपके पास आ जाएँ। ऐसा करना ईश्वर को बाध्य करने जैसा होगा, मूर्खतापूर्ण एवं व्यर्थ कार्य होगा और साथ ही ईश्वर के प्रति अनादर भी। आपको ईश्वर को बाध्य नहीं करना है कि वे आपको अच्छी चीजें दें, जैसे आप अपनी इच्छा से सूर्य को उदय नहीं कर सकते।

आपको अपनी इच्छा-शक्ति का प्रयोग किसी अमित्र देवता को प्रसन्न करने के लिए नहीं करना है, न ही जिद्दी और विद्रोही शक्तियों से अपनी बात मनवाने के लिए करना है। निराकार तत्त्व आपसे मित्रवत् है और आपको वे चीजें देने के लिए उतना उत्सुक है, जितना आप उन्हें प्राप्त करने के लिए भी नहीं हैं। धनवान् होने के लिए आपको सिर्फ अपनी इच्छा-शक्ति का प्रयोग स्वयं अपने ऊपर करने की आवश्यकता है। जब आप जान जाएँ कि आपको क्या सोचना है और क्या करना है, तब आपको अपनी इच्छा-शक्ति के उपयोग से स्वयं को सही बात सोचने और सही काम करने के लिए बाध्य करना चाहिए। यही इच्छा का न्यायसंगत उपयोग होगा, जो आप चाहते हैं, उसे प्राप्त करने में और आपको सही विचारधारा देने में। अपनी इच्छा-शक्ति का

उपयोग विशेष तरीके से सोचने और कार्य करते रहने के लिए कीजिए।

अपनी इच्छा को, अपने विचारों को या अपनी बुद्धि को अन्य व्यक्तियों या चीजों पर कार्य करने के लिए बाहर मत निकलने दीजिए। अपनी बुद्धि को अपने अंदर ही रहने दीजिए। वह और किसी स्थान की अपेक्षा वहीं रहकर अपना कार्य बेहतर ढंग से सिद्ध कर सकती है।

अपनी बुद्धि का उपयोग उस चीज की मानसिक छवि बनाने के लिए कीजिए, जो आपको चाहिए। उस छवि को उद्‌देश्य और विश्वास के साथ मन में स्थिर करके रखने के लिए और अपनी इच्छा-शक्ति का उपयोग सही तरीके से काम करते रहने के लिए कीजिए।

अपनी बुद्धि का उपयोग उस चीज की मानसिक छवि बनाने के लिए कीजिए, जो आपको चाहिए। उस छवि को उद्‌देश्य और विश्वास के साथ मन में स्थिर करके रखने के लिए और अपनी इच्छा-शक्ति का उपयोग सही तरीके से काम करते रहने के लिए कीजिए।

जितना स्थिर व निरंतर आपका विश्वास और उद्‌देश्य होगा, उतनी ही शीघ्रता से आप धनवान् बनेंगे, क्योंकि आप निराकार तत्त्व के ऊपर सिर्फ सकारात्मक प्रभाव डालेंगे और आप नकारात्मक प्रभावों द्वारा उन्हें बेअसर तथा निष्फल नहीं करेंगे।

आपकी इच्छाओं की छवि को, जो उद्‌देश्य और विश्वास के साथ बँधी होती है, निराकार तत्त्व अपने हाथों में ले लेता है और संपूर्ण ब्रह्मांड में दूर-दूर तक फैला देता है, जितना मैं जानता हूँ।

जैसे-जैसे वह विचार फैलता है, सभी चीजें उसको साकार करने की दिशा में बढ़ने लगती हैं; प्रत्येक जीवित वस्तु, प्रत्येक अचेतन वस्तु और वे चीजें, जिनका अब तक सृजन नहीं हुआ है, सब उस चीज को साकार रूप देने के लिए गति में आ जाती हैं, जो आपको चाहिए होती

है। संपूर्ण शक्ति उसी दिशा में प्रवाहित होने लगती है; सभी चीजें आपकी ओर बढ़ने लगती हैं। हर एक स्थान पर लोगों की बुद्धि आपकी इच्छा-पूर्ति के लिए आवश्यक कार्य करने के प्रभाव में आ जाती है और अनजाने में वे आपके लिए काम करने लगते हैं।

लेकिन आप निराकार तत्त्व में नकारात्मक प्रभाव उत्पन्न करके यह सब रोक सकते हैं। संदेह और अविश्वास का चीजों को आपके विरुद्ध करना उतना ही निश्चित है, जितना विश्वास और उद्‌देश्य का आपके पक्ष में करना। इसी तथ्य को न समझ पाने के कारण बहुत से लोग, जो धनवान् बनने के लिए मानसिक विज्ञान का प्रयोग करते हैं, असफल हो जाते हैं। वह प्रत्येक घंटा, जो आप संदेह और भय की भावना के साथ बिताते हैं; प्रत्येक घंटा, जो आप चिंता में बिताते हैं; प्रत्येक घंटा, जिसमें आपकी आत्मा पर अविश्वास का अधिकार होता है, निराकार तत्त्व के संपूर्ण अधिकार-क्षेत्र से आपको एक कदम दूर ले जाता है। सभी वचन उनके लिए होते हैं, जिनके मन में विश्वास होता है—सिर्फ उनके लिए। ध्यान दीजिए कि जीसस विश्वास के इस बिंदु के प्रति कितने आग्रहपूर्ण थे—और अब आप उसका कारण भी जानते हैं।

लेकिन आप निराकार तत्त्व में नकारात्मक प्रभाव उत्पन्न करके यह सब रोक सकते हैं। संदेह और अविश्वास का चीजों को आपके विरुद्ध करना उतना ही निश्चित है, जितना विश्वास और उद्‌देश्य का आपके पक्ष में करना। इसी तथ्य को न समझ पाने के कारण बहुत से लोग, जो धनवान् बनने के लिए मानसिक विज्ञान का प्रयोग करते हैं, असफल हो जाते हैं।

चूँकि विश्वास इतना महत्त्वपूर्ण है, इसलिए वह आपके विचारों की रक्षा करने के योग्य है। और चूँकि आपका विश्वास काफी हद तक उन चीजों द्वारा प्रभावित होता है, जिन्हें आप देखते हैं और जिनके बारे

में सोचते हैं, इसलिए यह महत्त्वपूर्ण है कि आपके ध्यान पर आपका अधिकार हो।

यहाँ पर इच्छा-शक्ति उपयोगी होती है; क्योंकि आप अपनी इच्छा-शक्ति द्वारा ही निर्णय लेते हैं कि आपका ध्यान किन चीजों पर केंद्रित होना चाहिए।

यदि आप धनवान् होना चाहते हैं तो आपको निर्धनता के बारे में नहीं सोचना चाहिए। चीजों को उनसे विपरीत चीजों के बारे में सोचकर अस्तित्व में नहीं लाया जा सकता। अच्छा स्वास्थ्य बीमारियों का अध्ययन करने और बीमारियों के बारे में सोचने से नहीं प्राप्त होता; धार्मिकता का प्रचार पाप का अध्ययन करने और पाप के बारे में सोचने से नहीं होता—कोई भी गरीबी के बारे में पढ़कर तथा सोचकर धनवान् नहीं हुआ।

व्याधि के विज्ञान के तौर पर चिकित्सा-शास्त्र ने व्याधियों में वृद्धि की है; पाप के विज्ञान के तौर पर धर्म ने पाप में वृद्धि की है और निर्धनता के अध्ययन के तौर पर अर्थशास्त्र संसार को कष्ट और अभाव से भर देगा।

व्याधि के विज्ञान के तौर पर चिकित्सा-शास्त्र ने व्याधियों में वृद्धि की है; पाप के विज्ञान के तौर पर धर्म ने पाप में वृद्धि की है और निर्धनता के अध्ययन के तौर पर अर्थशास्त्र संसार को कष्ट और अभाव से भर देगा।

निर्धनता की बात मत कीजिए, उसके बारे में जाँच-पड़ताल मत कीजिए, न ही उसकी चिंता कीजिए। उसके पीछे क्या कारण हैं, इस बात की परवाह मत कीजिए। आपका उनसे कोई लेना-देना नहीं है।

आपको इलाज से मतलब होना चाहिए। अपना समय धर्मार्थ कार्यों या चैरिटी के अभियानों में मत बिताइए। ऐसे अभियान उन कष्टों व दु:खों को बढ़ावा ही देते हैं, जिन्हें मिटाने का उनका उद्देश्य होता है।

मैं यह नहीं कहता कि आपको कठोर या निर्दयी होना चाहिए और किसी की जरूरत पर ध्यान नहीं देना चाहिए; लेकिन आपको पारंपरिक तरीकों से गरीबी मिटाने का प्रयास नहीं करना चाहिए। निर्धनता को अपने पीछे रखिए; जो कुछ भी उससे संबद्ध है, उसे भी पीछे रखिए और सफलता प्राप्त कीजिए। धनवान् बनिए; यही सर्वश्रेष्ठ तरीका है गरीबों की मदद करने का। और यदि आपके मन में निर्धनता की तसवीरें छाई हुई हैं तो आप वैसी मानसिक छवि नहीं बना सकते, जिसमें आप स्वयं को धनवान् बनते हुए देखना चाहते हैं। ऐसी पुस्तकें और पत्रिकाएँ मत पढ़िए, जो किराए के घर में रहनेवालों की कष्टप्रद परिस्थितियों का या बाल मजदूरी और अन्य समस्याओं का विस्तृत वर्णन करती हों। ऐसी कोई चीज मत पढ़िए, जो आपके मन को अभाव और कष्ट की विषादपूर्ण छवि से भर दे। आप ऐसी चीजों के बारे में जानकर जरूरतमंदों की जरा भी मदद नहीं कर सकते; और इस जानकारी का व्यापक प्रसार निर्धनता को किसी भी कीमत पर कम नहीं कर सकता। निर्धनता को कम करने का तरीका यह नहीं है कि आप अपने मन में अभाव और गरीबी की छवि उत्पन्न करें, बल्कि यह है कि अभावग्रस्त लोगों के मन में समृद्धि की छवि बने। अपने मन में अभाव और कष्ट की छवि न बनने देने का अर्थ यह बिल्कुल नहीं है कि आपने जरूरतमंदों को उनके दु:ख और अभाव के साथ उनके हाल पर छोड़ दिया है।

आप ऐसी चीजों के बारे में जानकर जरूरतमंदों की जरा भी मदद नहीं कर सकते; और इस जानकारी का व्यापक प्रसार निर्धनता को किसी भी कीमत पर कम नहीं कर सकता। निर्धनता को कम करने का तरीका यह नहीं है कि आप अपने मन में अभाव और गरीबी की छवि उत्पन्न करें, बल्कि यह है कि अभावग्रस्त लोगों के मन में समृद्धि की छवि बने।

निर्धनता को दूर किया जा सकता है; लेकिन ऐसे समृद्ध व्यक्तियों की संख्या बढ़ाकर नहीं, जो निर्धनता के विषय में सोचते हैं, बल्कि ऐसे निर्धन व्यक्तियों की संख्या बढ़ाकर, जो धनी बनने का उद्‌देश्य विश्वास के साथ मन में रखते हैं।

निर्धन लोगों को दान और परोपकार की आवश्यकता नहीं होती। उन्हें प्रेरणा की आवश्यकता होती है। दान और परोपकार उन्हें सिर्फ अपने अभाव में जीवित रहने के लिए रोटी देते हैं या कुछ देर के मनोरंजन की व्यवस्था कर देते हैं, जिससे वे दो-एक घंटे के लिए अपना कष्ट भूल जाते हैं; लेकिन प्रेरणा उन्हें अपने कष्टों से बाहर निकलने का रास्ता दिखाएगी।

निर्धन लोगों को दान और परोपकार की आवश्यकता नहीं होती। उन्हें प्रेरणा की आवश्यकता होती है। दान और परोपकार उन्हें सिर्फ अपने अभाव में जीवित रहने के लिए रोटी देते हैं या कुछ देर के मनोरंजन की व्यवस्था कर देते हैं, जिससे वे दो-एक घंटे के लिए अपना कष्ट भूल जाते हैं; लेकिन प्रेरणा उन्हें अपने कष्टों से बाहर निकलने का रास्ता दिखाएगी। यदि आप जरूरतमंदों की मदद करना चाहते हैं तो उन्हें साबित करके दिखाएँ कि वे धनवान् बन सकते हैं और आप स्वयं धनवान् बनकर यह साबित कीजिए।

संसार से गरीबी को खत्म करने का सिर्फ एक तरीका है कि अधिक-से-अधिक और निरंतर बढ़ती संख्या में लोग इस पुस्तक में दिए निर्देशों का पालन करें।

लोगों को सृजन द्वारा धनवान् बनना सिखाना चाहिए, प्रतिस्पर्धा द्वारा नहीं। प्रत्येक व्यक्ति, जो प्रतिस्पर्धा द्वारा धनवान् बनता है, अपने पीछे उस सीढ़ी को फेंक जाता है, जिस पर चढ़कर वह ऊपर पहुँचा था और अन्य लोगों को ऊपर नहीं आने देता; लेकिन हर वह व्यक्ति, जो सृजन

द्वारा प्रगति करता है, हजारों लोगों के लिए रास्ते खोल देता है और उन्हें भी आगे बढ़ने की प्रेरणा देता है।

आप अपने हृदय की कठोरता या स्वभाव की निर्ममता नहीं दिखाते। जब आप किसी की निर्धनता के प्रति दया भाव नहीं दिखाते, उस पर ध्यान नहीं देते, गरीबी के विषय में नहीं पढ़ते या उसके बारे में सोचते और चर्चा नहीं करते अथवा उन लोगों की बात नहीं सुनते, जो गरीबी के विषय में चर्चा करते हैं। अपनी इच्छा-शक्ति का उपयोग करके अपने मन को निर्धनता के विषय से दूर रखिए और उसे उस चीज की छवि पर उद्देश्य व विश्वास के साथ स्थिर करके रखिए, जो आपको चाहिए।

□

10

इच्छा-शक्ति के अन्य उपयोग

आप समृद्धि की एक स्पष्ट और वास्तविक धारणा अपने मन में रोककर नहीं रख सकते, यदि आपका ध्यान निरंतर विपरीत तसवीरों की ओर भटक रहा है, चाहे वे भौतिक हों या काल्पनिक।

यदि आपको पहले कभी आर्थिक कष्ट हुआ था तो उसके बारे में किसी से मत कहिए, न ही उसके बारे में सोचिए। अपने माता-पिता की निर्धनता के बारे में भी किसी से बात मत करिए, न ही अपने जीवन की आरंभिक कठिनाइयों के बारे में चर्चा करिए। ऐसा कुछ भी करने का अर्थ है—उतने समय के लिए स्वयं को मानसिक रूप से निर्धनों के वर्ग में रखना और इससे आपकी दिशा में आ रही चीजों की गति में निश्चित ही व्यवधान उत्पन्न होगा।

लेट द डेड बरी देयर डेड—जीसस ने कहा था (अर्थात् जो मृत हैं, उनकी चिंता मत करो, तुम ईश्वर के बताए कार्य करो)। निर्धनता को और हर उस चीज को, जो निर्धनता से संबद्ध है, पूरी तरह से पीछे छोड़ दीजिए।

आपने ब्रह्मांड के एक विशेष सिद्धांत को सच मानकर स्वीकार किया है और आपने अपने जीवन में खुशी और संतुष्टि पाने की पूरी उम्मीद उसके सच होने पर टिका रखी है; फिर आप परस्पर विरोधी

सिद्धांतों पर ध्यान देकर क्या हासिल कर सकते हैं?

ऐसी धार्मिक पुस्तकें मत पढ़िए, जो आपको बताती हैं कि संसार का जल्दी ही अंत होने वाला है और ऐसे घटिया विचारोंवाले, निराशावादी दार्शनिकों के लेख तो बिल्कुल मत पढ़िए, जो कहते हैं कि संसार शैतान के हाथों में जा रहा है।

संसार शैतान के पास नहीं जा रहा है, वह ईश्वर के पास जा रहा है। वह अद्‌भुत बनता जा रहा है। यह सच है कि वर्तमान अवस्था में कई ऐसी चीजें हैं, जो अप्रिय लगती हैं; लेकिन उनके बारे में जानने का क्या लाभ है, जब वे निश्चित रूप से गुजर जाने वाली हैं और जब उनका अध्ययन सिर्फ उनके अंत को रोक सकता है, ताकि वे हमारे पास ही रह जाएँ? आप ऐसी चीजों को अपना समय और ध्यान क्यों देना चाहते हैं, जो विकासवादी प्रक्रिया द्वारा स्वत: ही खत्म की जा रही हैं और जब आप इस विकासवादी प्रक्रिया में अपनी भूमिका का निर्वाह करके उनके अंत को गति प्रदान कर सकते हैं?

संसार शैतान के पास नहीं जा रहा है, वह ईश्वर के पास जा रहा है। वह अद्‌भुत बनता जा रहा है। यह सच है कि वर्तमान अवस्था में कई ऐसी चीजें हैं, जो अप्रिय लगती हैं; लेकिन उनके बारे में जानने का क्या लाभ है, जब वे निश्चित रूप से गुजर जाने वाली हैं और जब उनका अध्ययन सिर्फ उनके अंत को रोक सकता है, ताकि वे हमारे पास ही रह जाएँ?

चाहे कुछ देशों में, देश के हिस्सों में या कुछ स्थानों में स्थिति कितनी भी भयावह प्रतीत हो रही हो, लेकिन यदि आप उन पर ध्यान केंद्रित करेंगे तो आपका समय नष्ट होगा और अवसर हाथ से निकल जाएँगे। आपकी दिलचस्पी संसार के समृद्ध बनने में होनी चाहिए। उस समृद्धि के बारे में सोचिए, जिसमें संसार प्रवेश कर रहा है, बजाय उन अभावों के, जिनसे वह बाहर निकल रहा है। इस बात को ध्यान में रखिए

कि आप संसार को समृद्ध बनाने में सिर्फ एक तरीके से सहयोग कर सकते हैं और वह यह है कि आप स्वयं धनवान् बनें; लेकिन रचनात्मक शक्ति का प्रयोग करके, प्रतिस्पर्धात्मक शक्ति का नहीं।

जब भी आप उन लोगों के बारे में सोचें या बात करें, जो निर्धन हैं तो उनके बारे में यह सोचकर करें कि वे धनवान् होने वाले हैं; वे सहानुभूति के नहीं, बल्कि बधाई के पात्र हैं। इस बात से वे और उनके साथ अन्य लोग भी प्रेरणा लेंगे और निर्धनता की बेड़ियों से छूटने का रास्ता तलाश करेंगे; क्योंकि मैं आपसे कह रहा हूँ कि आपको अपना संपूर्ण समय, बुद्धि और विचार समृद्धि को देना चाहिए, लेकिन इसका यह मतलब नहीं है कि आप स्वार्थी और नीच प्रवृत्ति के हो जाएँ।

अपना संपूर्ण ध्यान समृद्धि पर केंद्रित करिए; निर्धनता की ओर ध्यान मत दीजिए। जब भी आप उन लोगों के बारे में सोचें या बात करें, जो निर्धन हैं तो उनके बारे में यह सोचकर करें कि वे धनवान् होने वाले हैं; वे सहानुभूति के नहीं, बल्कि बधाई के पात्र हैं। इस बात से वे और उनके साथ अन्य लोग भी प्रेरणा लेंगे और निर्धनता की बेड़ियों से छूटने का रास्ता तलाश करेंगे; क्योंकि मैं आपसे कह रहा हूँ कि आपको अपना संपूर्ण समय, बुद्धि और विचार समृद्धि को देना चाहिए, लेकिन इसका यह मतलब नहीं है कि आप स्वार्थी और नीच प्रवृत्ति के हो जाएँ।

सबसे नेक लक्ष्य, जो आप जीवन में अपने लिए निर्धारित कर सकते हैं, वह है सही मायनों में धनवान् बनना, क्योंकि उसमें बाकी सबकुछ समाहित होता है।

प्रतिस्पर्धात्मक धरा पर धनवान् बनने का संघर्ष सत्ता प्राप्त करने का एक ईश्वरहीन संघर्ष है; लेकिन जब हम रचनात्मक बुद्धि के प्रभाव में आ जाते हैं तो यह सबकुछ बदल जाता है।

जो कुछ भी महानता और आत्मा के प्रकाशित होने के लिए, सेवा और उदात्त प्रयास के लिए आवश्यक है, वह धनवान् होकर ही मिलता है। सबकुछ चीजों के उपयोग से ही संभव हो पाता है। आपके पास अच्छे स्वास्थ्य का अभाव है तो आप देखेंगे कि उसका प्राप्त होना भी आपके धनवान् होने पर निर्भर करता है।

सिर्फ वही लोग, जो आर्थिक चिंताओं से मुक्त हैं और जिनके पास एक आरामदायक व बेपरवाह जीवन जीने के साधन हैं तथा जो स्वच्छ एवं स्वास्थ्यपरक आदतों का पालन कर सकते हैं, सदा स्वस्थ रह सकते हैं।

नैतिक और आध्यात्मिक महानता उन्हीं के लिए संभव है, जो अस्तित्व की प्रतिस्पर्धात्मक लड़ाई से ऊपर उठ चुके हैं; और सिर्फ वही लोग, जो रचनात्मक विचारों की भूमि पर समृद्धि प्राप्त कर रहे हैं, प्रतिस्पर्धा के अपमानजनक प्रभाव से मुक्त हैं।

नैतिक और आध्यात्मिक महानता उन्हीं के लिए संभव है, जो अस्तित्व की प्रतिस्पर्धात्मक लड़ाई से ऊपर उठ चुके हैं; और सिर्फ वही लोग, जो रचनात्मक विचारों की भूमि पर समृद्धि प्राप्त कर रहे हैं, प्रतिस्पर्धा के अपमानजनक प्रभाव से मुक्त हैं। यदि आप पारिवारिक खुशी चाहते हैं तो याद रखिए कि प्रेम वहीं सबसे अधिक पनपता है, जहाँ संस्कार हैं, उच्च विचार हैं और दूषित प्रभावों से स्वतंत्रता है—और ये सब चीजें वहीं होती हैं, जहाँ धन रचनात्मक विचारों द्वारा प्राप्त किया जाता है, बिना किसी कलह और प्रतिद्वंद्विता के।

मैं दोहराता हूँ कि आपके लिए धनवान् बनने के लक्ष्य से बड़ा और नेक कोई लक्ष्य नहीं हो सकता तथा आपको अपना ध्यान धन-संपत्ति की मानसिक छवि पर केंद्रित करना चाहिए—शेष सभी चीजों को छोड़कर, जो आपकी दृष्टि को धूमिल या अस्पष्ट कर सकती हों।

आपको सभी चीजों में अंतर्निहित सत्य को देखने का प्रयास करना चाहिए। आपको सभी गलत प्रतीत हो रही परिस्थितियों में छुपा वह जीवित तत्त्व देखना चाहिए, जो पूर्ण अभिव्यक्ति और अधिक परिपूर्ण आनंद की दिशा में निरंतर बढ़ रहा है।

यह एक सत्य है कि निर्धनता जैसी कोई चीज है ही नहीं; संसार में सिर्फ समृद्धि है। कुछ लोग इसलिए निर्धन रह जाते हैं, क्योंकि वे जानते ही नहीं कि समृद्धि उनके लिए भी है; और उन्हें यह बात आप स्वयं सही तरीके से संपन्नता प्राप्त करके ही सिखा सकते हैं।

यह एक सत्य है कि निर्धनता जैसी कोई चीज है ही नहीं; संसार में सिर्फ समृद्धि है। कुछ लोग इसलिए निर्धन रह जाते हैं, क्योंकि वे जानते ही नहीं कि समृद्धि उनके लिए भी है; और उन्हें यह बात आप स्वयं सही तरीके से संपन्नता प्राप्त करके ही सिखा सकते हैं।

कुछ अन्य लोग इसलिए निर्धन हैं, क्योंकि उनके पास विज्ञान की कुछ जानकारी तो है, लेकिन वे आध्यात्मिक और रहस्यमय सिद्धांतों के सैलाब में इस तरह उलझ गए हैं कि वे समझ ही नहीं पाते कि उनके लिए कौन सा रास्ता लेना उचित है? वे कई सिद्धांतों का मिश्रण अपनाने का प्रयास करते हैं और असफल हो जाते हैं। ऐसे लोगों के लिए भी सबसे अच्छा उपाय यही है कि आप स्वयं सही तरीके से कार्य करके धनवान् बनें और अपना उदाहरण प्रस्तुत करके उन्हें सही रास्ता दिखाएँ। कर्म का एक औंस मौखिक प्रस्तुति के एक पौंड के बराबर है।

इस पूरे संसार के लिए जो सर्वश्रेष्ठ कर्म आप कर सकते हैं, वह है, प्रत्येक कार्य में अपना शत-प्रतिशत देना। आप ईश्वर और मनुष्य की सेवा धनवान् बनकर ही बेहतर तरीके से कर सकते हैं; वह भी तब, जब आप रचनात्मक तरीके से धन अर्जित करते हैं, प्रतिस्पर्धात्मक तरीके से नहीं।

एक और बात, हमारा दावा है कि यह पुस्तक धनवान् बनने के विज्ञान के सिद्धांतों को विस्तृत रूप में प्रस्तुत करती है और यदि हमारा दावा सही है तो आपको इस विषय पर कोई और पुस्तक पढ़ने की आवश्यकता नहीं है। यह बात संकुचित और अहंकारपूर्ण प्रतीत हो सकती है; लेकिन आप विचार करिए—गणित में गणना करने का कोई वैज्ञानिक तरीका नहीं है। सिवाय जोड़ने, घटाने, गुणा करने और भाग देने के कोई और तरीका संभव भी नहीं है। दो बिंदुओं के बीच सिर्फ एक लघुतम दूरी हो सकती है। वैज्ञानिक रूप से सोचने का सिर्फ एक तरीका है और वह है, इस प्रकार सोचना कि आप सबसे सीधे और सरल रास्ते से अपने लक्ष्य तक पहुँच जाएँ। किसी भी व्यक्ति ने इससे आसान और लघु उपाय नहीं तैयार किया है, जितना यहाँ बताया गया है। इसमें से सभी अनावश्यक चीजें हटा दी गई हैं। जब आप इस तरीके को अपनाएँ तो शेष सभी तरीकों को पीछे छोड़ दें, उन्हें अपने मस्तिष्क से पूरी तरह बाहर निकाल दें।

गणित में गणना करने का कोई वैज्ञानिक तरीका नहीं है। सिवाय जोड़ने, घटाने, गुणा करने और भाग देने के कोई और तरीका संभव भी नहीं है। दो बिंदुओं के बीच सिर्फ एक लघुतम दूरी हो सकती है। वैज्ञानिक रूप से सोचने का सिर्फ एक तरीका है और वह है, इस प्रकार सोचना कि आप सबसे सीधे और सरल रास्ते से अपने लक्ष्य तक पहुँच जाएँ।

इस पुस्तक को प्रतिदिन पढ़िए। इसे अपने साथ रखिए। इसको अपनी स्मृति के सुपुर्द कर दीजिए और अन्य व्यवस्थाओं व सिद्धांतों के विषय में सोचना छोड़ दीजिए। यदि आप अन्य सिद्धांतों के विषय में सोचेंगे तो आपके मन में संदेह उत्पन्न होने लगेगा और आपके विचार

अनिश्चित व ढुलमुल से होने लगेंगे; फिर आप अपने कार्यों में असफल होने लगेंगे।

जब आप सफलता प्राप्त करके धनवान् बन जाएँ, तब अन्य सिद्धांतों के विषय में जितना चाहे, अध्ययन कर सकते हैं; लेकिन जब तक आपको पूर्ण रूप से विश्वास न हो जाए कि आप जो चाहते थे, वह आपको मिल गया है, इस विषय में इस पुस्तक के अलावा कुछ मत पढ़िए, सिवाय उन लेखकों के, जिनका इस पुस्तक की प्रस्तावना में उल्लेख है।

अंतरराष्ट्रीय समाचारों में भी सिर्फ आशावादी वक्तव्य पढ़िए; वे समाचार, जिनका आपकी सोच के साथ सामंजस्य हो। इसके अलावा, मनोगत (रहस्यमय) से संबंधित अपनी छानबीन को स्थगित कर दीजिए; ब्रह्मविद्या, अध्यात्म और आत्मीयता के अध्ययन में मत डूबिए। इस बात की प्रबल संभावना है कि मृत व्यक्ति इसी संसार में रहते हों और आपके आसपास ही हों; लेकिन यदि ऐसा है भी तो उन्हें अकेला छोड़ दीजिए और अपने काम से मतलब रखिए।

इस बात की प्रबल संभावना है कि मृत व्यक्ति इसी संसार में रहते हों और आपके आसपास ही हों; लेकिन यदि ऐसा है भी तो उन्हें अकेला छोड़ दीजिए और अपने काम से मतलब रखिए।

मृतकों की आत्माएँ जहाँ कहीं भी हों, उनके पास करने के लिए अपने काम होंगे और सुलझाने के लिए अपनी समस्याएँ। हमें उनके मामले में हस्तक्षेप करने का कोई अधिकार नहीं है। हम उनकी सहायता नहीं कर सकते और इस बात में भी संदेह है कि वे हमारी सहायता कर सकते हैं। मृतात्माओं को उनके हाल पर छोड़ दीजिए और अपनी समस्याओं का समाधान स्वयं तलाश कीजिए, धनवान् बनिए। यदि आप मनोगत के साथ संबंध स्थापित करेंगे तो आपके मन में उलझन

और ऊहापोह की स्थिति उत्पन्न हो जाएगी, जो आपकी आशाओं को निश्चित रूप से तोड़कर रख देगी। हाँ तो इस अध्याय ने और इससे पूर्व के अध्यायों ने हमें निम्नलिखित आधारभूत तथ्यों तक पहुँचाया है—

- एक विचार तत्त्व है, जिसमें से सब चीजें उत्पन्न हुई हैं और जो अपने मूल रूप में रिसता रहता है तथा ब्रह्मांड के बीच के खाली स्थानों में फैलकर उन्हें भरता रहता है।
  इस तत्त्व में उत्पन्न होनेवाला विचार उस चीज का सृजन करता है, जिसकी छवि विचार बनाता है।
- मनुष्य अपने विचार में किसी भी चीज की छवि बना सकता है और अपने उस विचार को निराकार तत्त्व तक प्रेषित करके उस चीज का प्रत्यक्ष रूप में निर्माण संभव कर सकता है।
- ऐसा करने के लिए मनुष्य को प्रतिस्पर्धात्मक प्रवृत्ति से रचनात्मक प्रवृत्ति में आना चाहिए। उसे उन चीजों की स्पष्ट मानसिक छवि बनानी चाहिए, जिन्हें वह पाना चाहता है और उस छवि को अपने विचार में स्थिर कर लेना चाहिए—जो कुछ वह पाना चाहता है, उसे पाने के दृढ़ उद्देश्य के साथ और इस अटल विश्वास के साथ कि उसे वह सब निश्चित रूप से प्राप्त होगा—और उन सब बातों की ओर से उसे अपने मन के कपाट बंद कर लेने चाहिए, जो उसे उसके उद्देश्य से डिगा सकें, उसकी दृष्टि धूमिल कर सकें या उसके विश्वास को कमजोर कर सकें।

इन सब बातों के अलावा, हम अब देखेंगे कि वह उस निश्चित तरीके से जीवन जीता है और अपने कर्म करता है।

□

11

विशेष तरीके से कार्य करना

विचार एक रचनात्मक शक्ति है या वह प्रेरक बल है, जो रचनात्मक शक्ति की क्रियाओं का आधार है। विशेष तरीके से सोचकर आप समृद्धि प्राप्त कर सकते हैं; लेकिन आपको सिर्फ अपने विचारों पर निर्भर होकर व्यक्तिगत कर्मों की उपेक्षा नहीं करनी चाहिए। यही वह चट्टान है, जिस पर बहुत से आध्यात्मिक विचारक, जो एक प्रकार से वैज्ञानिक सोच भी रखते हैं, अपने जीवन रूपी जहाज की बरबादी का सामना करते हैं—और वह है अपने विचारों को व्यक्तिगत क्रियाओं से संबद्ध कर पाने में विफलता।

हम अभी विकास की उस अवस्था तक नहीं पहुँचे हैं, यह मानते हुए कि ऐसी अवस्था कभी संभव होगी, जिसमें मनुष्य निराकार तत्त्व द्वारा सीधे किसी चीज का निर्माण या सृजन कर सके—बिना प्रकृति की प्रक्रियाओं या मानव के हाथों के प्रयोग के। मनुष्य का कार्य सिर्फ विचार करना नहीं है, बल्कि उसकी व्यक्तिगत क्रिया को उसके विचारों का पूरक होना पड़ेगा।

विचारों की शक्ति द्वारा आप पर्वतों के हृदय-स्थल में स्थित स्वर्ण को अपनी ओर आने के लिए प्रेरित कर सकते हैं; लेकिन वह अपने आप खान में से निकलकर, परिष्कृत होकर, सिक्कों का रूप लेकर सड़कों

पर लुढ़कते हुए आपकी जेब में नहीं आएगा।

सर्वोच्च तत्त्व की प्रेरक शक्ति के प्रभाव से मनुष्यों की क्रियाएँ इस प्रकार व्यवस्थित हो जाएँगी कि कोई आपके लिए खुदाई करके स्वर्ण लाने के लिए खान तक पहुँच जाएगा; कुछ अन्य लोगों के व्यापारिक सौदे इस प्रकार तय होंगे कि वह स्वर्ण आपकी दिशा में लाया जाएगा और आपको अपने व्यापारिक मामले इस प्रकार व्यवस्थित करने होंगे कि जब वह स्वर्ण आपके पास आए, आप उसे प्राप्त कर सकें। आपका विचार चेतन और निर्जीव—हर चीज को सक्रिय करता है, आप तक वह चीज लाने के लिए, जो आपको चाहिए; लेकिन आपकी अपनी क्रिया ऐसी होनी चाहिए कि जब वह चीज आप तक पहुँचे तो आप उसे सही तरीके से प्राप्त कर सकें। आपको उसे दान के रूप में नहीं लेना है, न ही उसे चुराना है; आपको प्रत्येक मनुष्य को उपयोग मूल्य में उससे अधिक देना है, जितना आप उससे नकद मूल्य में प्राप्त करते हैं।

सर्वोच्च तत्त्व की प्रेरक शक्ति के प्रभाव से मनुष्यों की क्रियाएँ इस प्रकार व्यवस्थित हो जाएँगी कि कोई आपके लिए खुदाई करके स्वर्ण लाने के लिए खान तक पहुँच जाएगा; कुछ अन्य लोगों के व्यापारिक सौदे इस प्रकार तय होंगे कि वह स्वर्ण आपकी दिशा में लाया जाएगा और आपको अपने व्यापारिक मामले इस प्रकार व्यवस्थित करने होंगे कि जब वह स्वर्ण आपके पास आए, आप उसे प्राप्त कर सकें।

विचार का वैज्ञानिक प्रयोग उस चीज की एक स्पष्ट और विशिष्ट मानसिक छवि बनाने में होता है, जो आपको चाहिए; उस चीज को पाने के उद्देश्य को दृढ़ता प्रदान करने में होता है और कृतज्ञतापूर्ण श्रद्धा के साथ विश्वास करने में होता है कि आप जो पाना चाहते हैं, वह आपको मिलेगा।

अपने विचार को किसी रहस्यमय या गुप्त सिद्धांत से जोड़ने का प्रयास मत कीजिए, यह सोचकर कि वह बाहर निकलकर आपके लिए कार्य करेगा। यह एक व्यर्थ प्रयास होगा और विवेक के साथ सोचने की आपकी शक्ति को निर्बल कर देगा।

धनवान् बनने की प्रक्रिया का विचार पिछले अध्यायों में भलीभाँति समझाया गया है। आपके विश्वास और उद्देश्य से आपकी दृष्टि का निराकार तत्त्व पर सकारात्मक प्रभाव पड़ता है, जिसके अंदर अधिक परिपूर्ण जीवन की आकांक्षा उतनी ही है, जितनी आप में है और यह दृष्टि, जो उसे आपसे प्राप्त होती है, सभी रचनात्मक शक्तियों को सक्रिय कर देती है—उनकी सामान्य कार्य-प्रणाली में, लेकिन आपकी दिशा में।

रचनात्मक प्रक्रिया का मार्गदर्शन करना या उसकी निगरानी करना आपका कार्य नहीं है। आपको सिर्फ अपनी सोच को स्थिर रखना है, अपने उद्देश्य पर टिके रहना है और अपना विश्वास एवं आभार बनाए रखना है।

रचनात्मक प्रक्रिया का मार्गदर्शन करना या उसकी निगरानी करना आपका कार्य नहीं है। आपको सिर्फ अपनी सोच को स्थिर रखना है, अपने उद्देश्य पर टिके रहना है और अपना विश्वास एवं आभार बनाए रखना है।

लेकिन आपको काम उस विशेष तरीके से करना है, ताकि जब वह चीज, जो आपको चाहिए, आपके पास आए तो आप उसे स्वीकार कर सकें; ताकि आप उन चीजों को प्राप्त कर सकें, जिनकी छवि आपने बनाई है और उन्हें उनके उपयुक्त स्थानों पर रख सकें।

आप इस बात की सच्चाई को देख सकते हैं। जब वे चीजें आपके पास आएँगी तो वे किसी अन्य व्यक्ति के हाथों में होंगी, जो आपसे बदले में कुछ अपेक्षा करेगा। आपको अपनी चीज तभी मिलेगी, जब आप उस व्यक्ति को वह देंगे, जो उसका है।

आपका बटुआ किसी धनकुबेर के विशाल बैग में परिवर्तित नहीं होने वाला है, जो आपके किसी प्रयास के बिना भी हमेशा नोटों से भरा रहेगा।

यही धनवान् बनने के विज्ञान का निर्णायक बिंदु है; यहीं पर, जहाँ विचार और व्यक्तिगत क्रिया को संगठित होना चाहिए। बहुत से लोग हैं, जो जान-बूझकर या अनजाने में अपनी इच्छाओं के बल और हठ से रचनात्मक शक्तियों को सक्रिय कर देते हैं, लेकिन फिर भी निर्धन रह जाते हैं; क्योंकि जब वे चीजें, जो वे पाना चाहते हैं, उनके पास आती हैं तो वे उन्हें प्राप्त नहीं कर पाते।

यही धनवान् बनने के विज्ञान का निर्णायक बिंदु है; यहीं पर, जहाँ विचार और व्यक्तिगत क्रिया को संगठित होना चाहिए। बहुत से लोग हैं, जो जान-बूझकर या अनजाने में अपनी इच्छाओं के बल और हठ से रचनात्मक शक्तियों को सक्रिय कर देते हैं, लेकिन फिर भी निर्धन रह जाते हैं; क्योंकि जब वे चीजें, जो वे पाना चाहते हैं, उनके पास आती हैं तो वे उन्हें प्राप्त नहीं कर पाते।

जो चीज आप चाहते हैं, वह आपके विचारों की शक्ति से आपके पास आती है; लेकिन आपको उसे अपनी क्रिया द्वारा प्राप्त करना पड़ता है।

जो भी क्रिया आपको करनी है, जाहिर है, आपको वर्तमान में ही करनी पड़ेगी। आप अतीत में जाकर काम नहीं कर सकते और यह आपकी मानसिक दृष्टि की स्पष्टता के लिए आवश्यक भी है कि आप अतीत को अपने मन से निकाल दें। आप भविष्य में जाकर काम नहीं कर सकते, क्योंकि भविष्य अभी आया नहीं है। और आप यह नहीं बता सकते कि भविष्य में आनेवाली किसी परिस्थिति में आप क्या करना चाहेंगे, जब तक वह परिस्थिति आपके सामने नहीं आती।

चूँकि आप इस समय सही व्यवसाय में नहीं हैं या सही वातावरण

में नहीं हैं, इसलिए यह मत सोचिए कि आपको सही व्यवसाय या सही वातावरण मिलने तक अपना कार्य स्थगित कर देना चाहिए। और वर्तमान में यह सोचने में समय बरबाद मत करिए कि भविष्य में किसी संभावित परिस्थिति में आपके लिए क्या करना उचित होगा ? किसी भी परिस्थिति का सामना करने की अपनी क्षमता पर भरोसा रखिए।

यदि आप भविष्य के बारे में सोचते हुए वर्तमान में कार्य करेंगे तो आपकी वर्तमान क्रिया विभाजित मन से होगी और उसका कोई प्रभाव नहीं पड़ेगा।

अपने संपूर्ण ध्यान को वर्तमान क्रिया पर केंद्रित रखिए, अपना रचनात्मक आवेग मूल तत्त्व को प्रेषित करके परिणाम की प्रतीक्षा में बैठे मत रहिए। यदि आप ऐसा करेंगे तो परिणाम कभी नहीं प्राप्त होंगे। कर्म करिए। अभी के अलावा कोई समय न होता है और न होगा। यदि आपको उन चीजों को प्राप्त करने की तैयारी आरंभ करनी है तो वह आपको अभी करनी चाहिए।

अपने संपूर्ण ध्यान को वर्तमान क्रिया पर केंद्रित रखिए, अपना रचनात्मक आवेग मूल तत्त्व को प्रेषित करके परिणाम की प्रतीक्षा में बैठे मत रहिए। यदि आप ऐसा करेंगे तो परिणाम कभी नहीं प्राप्त होंगे। कर्म करिए। अभी के अलावा कोई समय न होता है और न होगा। यदि आपको उन चीजों को प्राप्त करने की तैयारी आरंभ करनी है तो वह आपको अभी करनी चाहिए।

और आपका कार्य, वह जो भी है, आपके वर्तमान व्यवसाय या नौकरी में होना चाहिए और आपके वर्तमान परिवेश से संबद्ध लोगों और चीजों से होना चाहिए।

आप वहाँ अपना कार्य नहीं कर सकते, जहाँ आप मौजूद नहीं हैं; आप वहाँ कार्य नहीं कर सकते, जहाँ आप पहले कभी थे—और वहाँ

भी नहीं कर सकते, जहाँ आप भविष्य में कभी होंगे। आप वही कार्य कर सकते हैं, जहाँ आप हैं।

इस बात की चिंता मत करिए कि पिछले दिन आपने अपना काम सही ढंग से किया था या नहीं; आज का अपना काम ठीक से करिए। कल का काम आज करने का प्रयास मत करिए। उसके लिए आपके पास कल पर्याप्त समय होगा।

जादू-टोने या गुप्त साधनों का प्रयोग करके उन लोगों या उन चीजों को अपने प्रभाव में लेने का प्रयास न करें, जो आपकी पहुँच से बाहर हैं। कार्य आरंभ करने के लिए परिस्थिति के बदलने की प्रतीक्षा न करें; अपने कर्मों द्वारा परिस्थिति को बदलने का प्रयास करें।

जादू-टोने या गुप्त साधनों का प्रयोग करके उन लोगों या उन चीजों को अपने प्रभाव में लेने का प्रयास न करें, जो आपकी पहुँच से बाहर हैं। कार्य आरंभ करने के लिए परिस्थिति के बदलने की प्रतीक्षा न करें; अपने कर्मों द्वारा परिस्थिति को बदलने का प्रयास करें।

आप अपनी वर्तमान परिस्थिति में रहकर इस प्रकार कार्य कर सकते हैं कि आपको बेहतर परिस्थितियों में जाने का अवसर मिल जाए। बेहतर परिस्थिति में अपने होने की कल्पना को विश्वास और उद्देश्य के साथ थामकर रखिए; लेकिन साथ ही अपनी वर्तमान स्थिति में अपने पूरे हृदय, पूरी शक्ति और बुद्धि के साथ कार्य करते रहिए।

सपने देखने में और हवाई किले बनाने में समय मत नष्ट करिए। आपको जो चाहिए, सिर्फ उस पर अपनी संपूर्ण दृष्टि केंद्रित करके रखिए और अपने कार्य अभी करिए।

धनवान् बनने के आरंभिक प्रयास में कोई नया काम खोजने का जतन मत करिए, न ही कोई अनोखा, असामान्य या अद्‌भुत काम करने

का सोचिए। हो सकता है कि आपके कार्य—कम-से-कम कुछ समय तक—वही रहें, जो आप पहले से करते आ रहे हैं; लेकिन अब आपको वही कार्य विशेष तरीके से करने की शुरुआत करनी है, जिससे आप निश्चित रूप से धनवान् हो जाएँगे।

यदि आप किसी व्यापार में संलग्न हैं और आपको लगता है कि वह आपके लिए सही नहीं है तो भी अपने कार्य आरंभ करने के लिए सही व्यापार में प्रवेश करने तक की प्रतीक्षा न करें।

गलत व्यवसाय में संलग्न होने की वजह से हतोत्साहित न हों, न ही शोकग्रस्त होकर बैठें। कोई भी व्यक्ति कभी इतनी गलत जगह पर नहीं रहा है कि वह सही जगह का पता न कर सके और कोई व्यक्ति गलत व्यापार में इतना लिप्त नहीं हुआ है कि वह सही व्यापार में प्रवेश न कर सके।

गलत व्यवसाय में संलग्न होने की वजह से हतोत्साहित न हों, न ही शोकग्रस्त होकर बैठें। कोई भी व्यक्ति कभी इतनी गलत जगह पर नहीं रहा है कि वह सही जगह का पता न कर सके और कोई व्यक्ति गलत व्यापार में इतना लिप्त नहीं हुआ है कि वह सही व्यापार में प्रवेश न कर सके।

अपनी कल्पना ऐसे व्यापार में कीजिए, जो आपके लिए सही हो—उसमें प्रवेश करने के उद्‌देश्य के साथ, इस विश्वास के साथ कि आप उसमें प्रवेश कर लेंगे और कर रहे हैं; लेकिन इसके साथ अपने वर्तमान व्यापार में अपना कार्य करते रहिए। अपने वर्तमान व्यापार का उपयोग उससे बेहतर व्यापार में प्रवेश करने के लिए कीजिए और अपने वर्तमान परिवेश का उपयोग बेहतर परिवेश में आने के लिए। सही व्यापार के प्रति आपकी दृष्टि, यदि उद्‌देश्य और विश्वास से जुड़ी होगी तो वह सर्वोच्च तत्त्व को सही व्यापार आपकी दिशा में लाने के लिए प्रेरित करेगी और आपके कार्य, यदि सही तरीके

से किए जाएँगे तो आपको उस व्यापार की ओर ले जाएँगे।

यदि आप एक कर्मचारी हैं या वेतन-भोगी हैं और आपको लगता है कि जो आप चाहते हैं, उसे पाने के लिए आपको स्थान बदलना चाहिए तो अपना विचार बाहर निकालकर यह अपेक्षा मत करिए कि वह आपको दूसरी नौकरी दिला देगा। वह ऐसा नहीं कर पाएगा।

जो नौकरी आपको चाहिए, उसकी छवि मन में रखिए और उद्‌देश्य एवं विश्वास के साथ अपनी वर्तमान नौकरी करते रहिए। आपको निश्चित रूप से वह नौकरी मिल जाएगी, जो आप चाहते हैं।

आपकी कल्पना और विश्वास रचनात्मक शक्ति को सक्रिय कर देंगे, ताकि वह उसे आपकी ओर आने के लिए प्रेरित करे और आपकी क्रियाएँ आपके अपने वातावरण में मौजूद शक्तियों को प्रेरित करेंगी कि वे आपको उस स्थान पर ले जाएँ, जहाँ आप जाना चाहते हैं। इस अध्याय का अंत करते हुए हम अपने पाठ्यक्रम में एक अन्य तथ्य जोड़ेंगे—

- एक विचार तत्त्व है, जिसमें से सब चीजें उत्पन्न हुई हैं और जो अपने मूल रूप में रिसता रहता है और ब्रह्मांड के बीच के खाली स्थानों में फैलकर उन्हें भरता रहता है।
- इस तत्त्व में उत्पन्न होनेवाला विचार उस चीज का सृजन करता है, जिसकी छवि विचार बनाता है।
- मनुष्य अपने विचार में किसी भी चीज की छवि बना सकता है और अपने उस विचार को निराकार तत्त्व तक प्रेषित करके उस चीज का प्रत्यक्ष रूप में निर्माण संभव कर सकता है।
- ऐसा करने के लिए मनुष्य को प्रतिस्पर्धात्मक प्रवृत्ति से रचनात्मक प्रवृत्ति में आना चाहिए। उसे उन चीजों की स्पष्ट मानसिक छवि बनानी चाहिए, जिन्हें वह पाना चाहता है और उस छवि को अपने विचार में स्थिर कर लेना चाहिए, जो कुछ वह पाना चाहता है—उसे पाने के दृढ़ उद्‌देश्य के साथ

और इस अटल विश्वास के साथ कि उसे वह सब निश्चित रूप से प्राप्त होगा, उन सब बातों की ओर से उसे अपने मन के कपाट बंद कर लेने चाहिए, जो उसे उसके उद्‌देश्य से डिगा सकें, उसकी दृष्टि धूमिल कर सकें या उसके विश्वास को कमजोर कर सकें।

- उस चीज के सामने आने पर उसे प्राप्त कर पाने के लिए मनुष्य को अपनी वर्तमान परिस्थिति में रहकर वहाँ मौजूद लोगों और चीजों के साथ अभी अपने कार्य करने होंगे।

□

12

कुशल कारगुज़ारी

आपको अपने विचारों का उपयोग पिछले अध्यायों में बताए ढंग से करके अपने वर्तमान स्थान पर ही वे कार्य आरंभ करने चाहिए, जो आप कर सकते हैं। आप जहाँ हैं, वहाँ रहकर आपको वह सबकुछ करना चाहिए, जो आप कर सकते हैं।

आप प्रगति तभी कर सकते हैं, जब आप अपने वर्तमान स्थान से अधिक महत्त्वपूर्ण हो जाएँ। कोई भी व्यक्ति अपने स्थान से अधिक महत्त्वपूर्ण नहीं हो सकता, यदि वह उस स्थान से संबंधित कोई कार्य अधूरा छोड़ देता है।

संसार को प्रगति के पथ पर वही लोग ले जाते हैं, जो अपने वर्तमान स्थान से अधिक महत्त्व प्राप्त कर लेते हैं।

यदि कोई व्यक्ति अपने वर्तमान स्थान के साथ न्याय नहीं करता तो आप देख सकते हैं कि वह स्थान हर चीज में पिछड़ने लगता है। जो लोग अपने वर्तमान स्थान के साथ न्याय नहीं करते, वे समाज के ऊपर शासन, उद्योग और व्यापार के ऊपर एक भार के अलावा कुछ नहीं हैं। उनका भार दूसरों को भारी कीमत चुकाकर उठाना पड़ता है। संसार की प्रगति में सिर्फ वही लोग बाधा उत्पन्न करते हैं, जो उस स्थान के प्रति अपना कर्तव्य नहीं निभाते, जहाँ वे रहते हैं। वे किसी पिछली सदी से

संबंधित होते हैं और निम्न स्तर के होते हैं, साथ ही उनकी प्रवृत्ति अपकर्ष की होती है। किसी समाज का विकास संभव नहीं हो पाता, यदि उसमें रहनेवाला प्रत्येक व्यक्ति अपने स्थान से छोटा होता। सामाजिक विकास शारीरिक व मानसिक विकास के सिद्धांत द्वारा निर्देशित होता है। प्राणी जगत् में विकास अतिरिक्त जीवन के कारण होता है।

जब किसी जीव में उससे अधिक जीवन होता है, जितना वह अपनी क्रियाओं द्वारा अभिव्यक्त कर सकता है तो वह अपने से उच्च श्रेणी के अंग विकसित कर लेता है और इस प्रकार, एक नई प्रजाति का जन्म होता है।

नई प्रजातियाँ कभी उत्पन्न नहीं होतीं, यदि ऐसे जीव न होते, जिन्होंने अपने स्थान को परिपूर्ण कर दिया। बिल्कुल यही सिद्धांत आप पर भी लागू होता है। आपका धनवान् बनना इस सिद्धांत को अपने कार्यों पर लागू करने पर निर्भर करता है।

नई प्रजातियाँ कभी उत्पन्न नहीं होतीं, यदि ऐसे जीव न होते, जिन्होंने अपने स्थान को परिपूर्ण कर दिया। बिल्कुल यही सिद्धांत आप पर भी लागू होता है। आपका धनवान् बनना इस सिद्धांत को अपने कार्यों पर लागू करने पर निर्भर करता है।

प्रत्येक दिन या तो एक सफलता भरा दिन होता है या असफलता भरा दिन; और वे सफलता भरे दिन होते हैं, जो आपको वह दिलाते हैं, जो आप पाना चाहते हैं। यदि प्रत्येक दिन असफल होगा तो आप कभी धनवान् नहीं बन सकते; जबकि यदि प्रत्येक दिन सफल होगा तो आपको धनवान् बनने से कोई नहीं रोक सकता।

यदि ऐसा कोई कार्य है, जो आज ही पूरा होना चाहिए और आप उसे नहीं करते तो जहाँ तक उस कार्य की बात है, आप असफल हो गए हैं और उसके परिणाम आपकी कल्पना से अधिक विनाशकारी हो सकते हैं।

आप छोटे-से-छोटे कार्य के परिणाम का भी अनुमान नहीं लगा सकते। आपको उन सभी शक्तियों की कार्यवाही के बारे में कुछ नहीं पता है, जो आपके निमित्त सक्रिय की गई हैं। हो सकता है, आपके द्वारा किए जानेवाले किसी छोटे से कार्य पर बहुत कुछ निर्भर करता हो। संभव है कि यह वही कार्य हो, जो आपके सामने बहुत महान् अवसरों के द्वार खोलने वाला हो। आप कभी नहीं जान सकते कि उस सर्वोच्च शक्ति ने इस भरी-पूरी दुनिया में, मानवीय प्रसंगों में से, समस्त वस्तुओं में से, आपके लिए कौन से संयोजन सोच रखे हैं? एक छोटे से कार्य के प्रति आपकी उपेक्षा या उसे करने में असफलता के कारण आपको वह चीज प्राप्त होने में अत्यधिक विलंब हो सकता है, जो आप चाहते हैं।

प्रतिदिन वह सब करिए, जो उस दिन किया जा सकता है। हालाँकि उपर्युक्त वक्तव्यों की एक सीमा है, एक विशिष्टता है, जिस पर ध्यान देना आपके लिए आवश्यक है। कम अवधि में अधिक-से-अधिक कार्य पूरा करने के प्रयास में आपको अधिक कार्य नहीं करना है, न ही अपने आप को अपने व्यापार में पूरी तरह झोंक देना है।

प्रतिदिन वह सब करिए, जो उस दिन किया जा सकता है। हालाँकि उपर्युक्त वक्तव्यों की एक सीमा है, एक विशिष्टता है, जिस पर ध्यान देना आपके लिए आवश्यक है। कम अवधि में अधिक-से-अधिक कार्य पूरा करने के प्रयास में आपको अधिक कार्य नहीं करना है, न ही अपने आप को अपने व्यापार में पूरी तरह झोंक देना है।

आपको कल का काम आज करने का प्रयास नहीं करना है, न ही एक सप्ताह का काम एक दिन में पूरा करने का प्रयास करना है। वास्तव मे,ं आपने कितने कार्य किए, यह महत्त्व नहीं रखता; बल्कि प्रत्येक कार्य को कितनी कुशलता से किया, यह महत्त्व रखता है। प्रत्येक कार्य अपने

आप में या तो सफल होता है या असफल। प्रत्येक कार्य अपने आप में या तो प्रभावी होता है या अप्रभावी।

प्रत्येक अप्रभावी कार्य असफल होता है और यदि आप अपना पूरा जीवन अप्रभावी कार्य करने में बिता देंगे तो आपका संपूर्ण जीवन असफल हो जाएगा।

जितने अधिक कार्य आप करेंगे, आपके लिए उतना ही बुरा होगा, यदि आपके सब कार्य अप्रभावी होंगे। दूसरी ओर, प्रत्येक प्रभावपूर्ण कार्य अपने आप में एक सफलता है और यदि आप अपने जीवन में प्रत्येक कार्य सफलतापूर्वक करते हैं तो निश्चित रूप से आपका संपूर्ण जीवन सफल होगा।

असफलता का कारण होता है—बहुत से काम अकुशल तरीके से करना और कुशलता से बहुत कम कार्य करना। आप देखेंगे कि यह अपने आप में स्पष्ट प्रस्ताव है कि यदि आप कोई अप्रभावी कार्य नहीं करते और पर्याप्त संख्या में प्रभावपूर्ण कार्य करते हैं तो आप धनवान् बन जाएँगे। यदि आपके लिए अपने प्रत्येक कार्य को प्रभावपूर्ण बनाना संभव है तो आप फिर देखेंगे कि धन-समृद्धि प्राप्त करना एक यथार्थ विज्ञान बन चुका है, जैसे गणित है।

जितने अधिक कार्य आप करेंगे, आपके लिए उतना ही बुरा होगा, यदि आपके सब कार्य अप्रभावी होंगे। दूसरी ओर, प्रत्येक प्रभावपूर्ण कार्य अपने आप में एक सफलता है और यदि आप अपने जीवन में प्रत्येक कार्य सफलतापूर्वक करते हैं तो निश्चित रूप से आपका संपूर्ण जीवन सफल होगा।

अब बात उस प्रश्न पर आती है कि क्या आप अपने प्रत्येक कार्य को अपने आप में सफल बना सकते हैं? आप निश्चित रूप से ऐसा कर सकते हैं।

आप अपने प्रत्येक कार्य को सफल बना सकते हैं, क्योंकि सर्वोच्च

शक्ति आपके साथ काम कर रही है; और वह सर्वोच्च शक्ति कभी असफल नहीं हो सकती।

शक्ति आपकी सेवा के लिए तत्पर है। अपने प्रत्येक कार्य को सफल बनाने के लिए आपको सिर्फ उसमें शक्ति डालनी है।

प्रत्येक क्रिया या तो सबल होती है या निर्बल—और जब प्रत्येक क्रिया सबल होगी तो उसका अर्थ होगा कि आप उस विशेष तरीके से कार्य कर रहे हैं, जो आपको धनवान् बनाएगा।

प्रत्येक क्रिया को शक्तिशाली और कुशल बनाया जा सकता है—उसे करते समय अपना पूरा ध्यान उस पर केंद्रित करके और अपने उद्देश्य एवं विश्वास की संपूर्ण शक्ति उसमें समाहित करके।

यही वह बिंदु है, जिस पर आकर वे लोग असफल होते हैं, जो अपनी मानसिक शक्ति को व्यक्तिगत क्रिया से अलग कर देते हैं। वे अपनी मानसिक शक्ति का एक समय पर और एक स्थान पर उपयोग करते हैं, अपने कार्य किसी अन्य समय पर और अन्य स्थान पर करते हैं। इसलिए, उनके कार्यों को अपने आप में सफलता प्राप्त नहीं होती। संसार में असंख्य लोग अकुशल हैं; लेकिन यदि उनकी प्रत्येक क्रिया में सर्वोच्च शक्ति समाहित हो जाती है तो चाहे वह कितनी भी साधारण हो, लेकिन प्रत्येक क्रिया अपने आप में सफल होगी। जिस प्रकार स्वभावतः एक सफलता अन्य कई सफलताओं के द्वार खोल देती है, उसी प्रकार आप जो चाहते हैं, उसकी दिशा में आपकी प्रगति और उस चीज की आपकी दिशा में प्रगति तेजी से बढ़ने लगेगी।

यही वह बिंदु है, जिस पर आकर वे लोग असफल होते हैं, जो अपनी मानसिक शक्ति को व्यक्तिगत क्रिया से अलग कर देते हैं। वे अपनी मानसिक शक्ति का एक समय पर और एक स्थान पर उपयोग करते हैं, अपने कार्य किसी अन्य समय पर और अन्य स्थान पर करते हैं।

याद रखिए कि सफल क्रिया अपने परिणामों को संचित करती है। चूँकि अधिक जीवन की चाह सभी चीजों में अंतर्निहित होती है, इसलिए जब एक व्यक्ति अधिक परिपूर्ण जीवन की ओर बढ़ने लगता है तो कई चीजें अपने को उसके साथ जोड़ने लगती हैं और उसकी इच्छाओं का प्रभाव बढ़ने लगता है।

प्रतिदिन वे सब कार्य कीजिए, जो आप उस दिन कर सकते हैं और प्रत्येक कार्य को कुशलतापूर्वक कीजिए।

जब मैं कहता हूँ कि प्रत्येक कार्य को करते समय अपना पूरा ध्यान उस पर केंद्रित करिए, चाहे वह कार्य कितना भी साधारण या छोटा हो तो मेरा तात्पर्य यह नहीं है कि हर समय उस कार्य के छोटे-से-छोटे अंश को ध्यानपूर्वक देखना आवश्यक है। यह तो आपके फुरसत के समय का काम है कि आप अपनी दृष्टि के प्रत्येक अंश पर अपनी कल्पना-शक्ति का प्रयोग करें और उस पर तब तक विचार करें, जब तक कि वह आपकी स्मृति में दृढ़ता से स्थापित नहीं हो जाता। यदि आप त्वरित परिणाम चाहते हैं तो इस कार्य में अपना लगभग पूरा फुरसत का समय बिताइए।

जब मैं कहता हूँ कि प्रत्येक कार्य को करते समय अपना पूरा ध्यान उस पर केंद्रित करिए, चाहे वह कार्य कितना भी साधारण या छोटा हो तो मेरा तात्पर्य यह नहीं है कि हर समय उस कार्य के छोटे-से-छोटे अंश को ध्यानपूर्वक देखना आवश्यक है।

निरंतर विचार से आपके मन में उस चीज की छवि उत्पन्न हो जाएगी, जो आप चाहते हैं। छोटे-से-छोटे विस्तार के साथ वह आपके मन में इतनी दृढ़ता से स्थापित हो जाएगी और निराकार तत्त्व तक इतनी पूर्णता के साथ प्रेषित हो जाएगी कि अपने कार्य करने के समय में आपको अपने उद्देश्य और विश्वास को उद्दीप्त करने के लिए मन में सिर्फ उस

छवि की कल्पना करनी होगी, अपने कार्य को अपने श्रेष्ठ प्रयास के साथ पूरा करना होगा। अपने खाली समय में उस छवि के बारे में तब तक विचार करिए, जब तक कि आपकी चेतना उससे इतनी पूर्ण न हो जाए कि आप उसे तत्काल समझ सकें। आप उसके उज्ज्वल संकेतों से इतने उत्साहित हो जाएँगे कि सिर्फ उसका विचार ही आपके संपूर्ण अस्तित्व की सबसे शक्तिशाली शक्तियों को सक्रिय कर देगा।

आइए, हम अपने पाठ्यक्रम को एक बार फिर दोहराते हैं और अंतिम वक्तव्य में थोड़ा सा बदलाव करके उस बिंदु तक ले आते हैं, जिस पर हम आ चुके हैं—

- एक विचार तत्त्व है, जिसमें से सब चीजें उत्पन्न हुई हैं और जो अपने मूल रूप में रिसता रहता है और ब्रह्मांड के बीच के खाली स्थानों में फैलकर उन्हें भरता रहता है।
- इस तत्त्व में उत्पन्न होनेवाला विचार उस चीज का सृजन करता है, जिसकी छवि विचार बनाता है।
- मनुष्य अपने विचार में किसी भी चीज की छवि बना सकता है और अपने उस विचार को निराकार तत्त्व तक प्रेषित करके उस चीज का प्रत्यक्ष रूप में निर्माण संभव कर सकता है।
- ऐसा करने के लिए मनुष्य को प्रतिस्पर्धात्मक प्रवृत्ति से रचनात्मक प्रवृत्ति में आना चाहिए। उसे उन चीजों की स्पष्ट मानसिक छवि बनानी चाहिए, जिन्हें वह पाना चाहता है और उद्देश्य तथा विश्वास के साथ प्रतिदिन वे सभी कार्य करने चाहिए, जो वह एक दिन में कर सकता है और प्रत्येक कार्य को कुशलतापूर्वक करना चाहिए।

□

13

सही व्यवसाय में प्रवेश

किसी भी विशेष व्यवसाय में सफलता प्राप्त करना निर्भर करता है आपके पास उस व्यवसाय के लिए आवश्यक योग्यता के विकसित अवस्था में होने पर।

संगीत की अच्छी जानकारी न होने पर कोई भी एक संगीत शिक्षक के रूप में सफलता नहीं प्राप्त कर सकता; जब तक किसी व्यक्ति को यंत्रों के विषय में उच्च स्तर की जानकारी नहीं होगी, वह किसी यंत्र संबंधी (मेकैनिकल) व्यापार में अधिक सफलता प्राप्त नहीं कर पाएगा; चातुर्य और वाणिज्यिक क्षमता के बिना कोई वाणिज्य संबंधी व्यापार में सफल नहीं हो सकता। लेकिन आपके अंदर आपकी रुचि के व्यवसाय के लिए आवश्यक योग्यता और क्षमता की विकसित अवस्था में मौजूदगी ही आपको धनवान् नहीं बना सकती। ऐसे कई संगीतज्ञ हैं, जिनमें अद्भुत प्रतिभा है, फिर भी वे धनवान् नहीं हैं। ऐसे असंख्य लोहार, बढ़ई और अन्य मिस्त्री हैं, जिनके पास उत्कृष्ट यांत्रिक क्षमता है, लेकिन वे धन अर्जित नहीं कर पाते। ऐसे कई व्यापारी हैं, जिन्हें ग्राहकों से सौदेबाजी करना अच्छी तरह आता है, फिर भी वे अपने व्यापार में आशातीत सफलता प्राप्त नहीं कर पाते।

विभिन्न क्षमताएँ औजारों की तरह होती हैं। अच्छे औजार पास

में होना आवश्यक है; लेकिन साथ ही यह भी आवश्यक है कि उनका प्रयोग सही तरीके से किया जाए। एक बढ़ई एक तेज धार की आरी, एक चौक, एक रंदा इत्यादि औजार लेकर एक सुंदर सा फर्नीचर का नमूना बना सकता है; दूसरा आदमी वही औजार लेकर उस नमूने का प्रतिरूप बनाने का प्रयास कर सकता है, लेकिन उसकी बनाई वस्तु बेकार होगी। वह नहीं जानता कि अच्छे औजारों को उचित तरीके से कैसे प्रयोग किया जाता है ?

आपके मस्तिष्क की विभिन्न ज्ञानेंद्रियाँ वे औजार हैं, जिनकी सहायता से आपको वे काम करने हैं, जो आपको धनवान् बना सकते हैं। आपके लिए सफलता प्राप्त करना आसान होगा, यदि आप ऐसे व्यवसाय में संलग्न हों, जिसके लिए आप अपने मानसिक औजारों से भलीभाँति सुसज्जित हों।

आपके मस्तिष्क की विभिन्न ज्ञानेंद्रियाँ वे औजार हैं, जिनकी सहायता से आपको वे काम करने हैं, जो आपको धनवान् बना सकते हैं। आपके लिए सफलता प्राप्त करना आसान होगा, यदि आप ऐसे व्यवसाय में संलग्न हों, जिसके लिए आप अपने मानसिक औजारों से भलीभाँति सुसज्जित हों।

सामान्य शब्दों में, आप उस व्यवसाय में अपना श्रेष्ठ प्रदर्शन करेंगे, जिनमें आपकी सर्वाधिक शक्तिशाली ज्ञानेंद्रिय का उपयोग होगा। वह व्यवसाय, जिसके लिए आप स्वाभाविक रूप से उपयुक्त हैं। लेकिन इस वक्तव्य की भी कुछ सीमाएँ हैं। किसी भी व्यक्ति को अपने व्यवसाय को इस दृष्टि से नहीं देखना चाहिए, जैसे वह उसकी जन्मजात प्रवृत्तियों द्वारा पूर्णतया निश्चित किया गया हो।

आप किसी भी व्यवसाय में रहकर धनवान् बन सकते हैं। यदि आपके पास उसके अनुरूप योग्यता नहीं भी है तो भी आप उस योग्यता

को विकसित कर सकते हैं। इसका तात्पर्य सिर्फ इतना है कि जैसे-जैसे आप उस व्यवसाय में आगे बढ़ते हैं, आपको अपने लिए मानसिक औजारों का निर्माण करते रहना पड़ेगा, बजाय सिर्फ उन औजारों से काम चलाने के, जिनके साथ आपने जन्म लिया था। आपके लिए उस व्यवसाय में सफलता प्राप्त करना अपेक्षाकृत आसान होगा, जिसके लिए आपके पास पहले से ही पूर्णतया विकसित योग्यता है; लेकिन आप किसी और व्यवसाय में भी सफलता प्राप्त कर सकते हैं, क्योंकि आप किसी भी मौलिक प्रतिभा को विकसित कर सकते हैं। ऐसी कोई प्रतिभा नहीं है, जिसका कम-से-कम प्रारंभिक तथ्य आपको ज्ञात न हो।

जो आप करना चाहते हैं, उसे करना जीवन है; और जीवन जीने में वास्तविक संतोष कभी प्राप्त नहीं होगा, यदि हमें सदैव वही कार्य करने पड़ें, जिन्हें करना हमें पसंद नहीं है और हम कभी वह न कर पाएँ, जो हम करना चाहते हैं। कोई कार्य करने की इच्छा इस बात का प्रमाण है कि आपके अंदर वह शक्ति है, जो उस काम को कर सकती है।

प्रयास करने पर आप उस व्यवसाय में बहुत आसानी से धन अर्जित कर लेंगे, जिसके लिए आप सर्वाधिक उपयुक्त हैं; लेकिन आप संतोषजनक रूप से तब धनवान् बनेंगे, जब आप वह कार्य करेंगे, जो आप करना चाहते हैं।

जो आप करना चाहते हैं, उसे करना जीवन है; और जीवन जीने में वास्तविक संतोष कभी प्राप्त नहीं होगा, यदि हमें सदैव वही कार्य करने पड़ें, जिन्हें करना हमें पसंद नहीं है और हम कभी वह न कर पाएँ, जो हम करना चाहते हैं। कोई कार्य करने की इच्छा इस बात का प्रमाण है कि आपके अंदर वह शक्ति है, जो उस काम को कर सकती है।

इच्छा-शक्ति की अभिव्यक्ति है। कोई संगीत वाद्य बजाने की इच्छा

वह शक्ति है, जो उस वाद्य को बजा सकती है और अभिव्यक्ति तथा विकास की माँग कर रही है। यांत्रिक उपकरणों का आविष्कार करने की इच्छा यंत्र संबंधी योग्यता है, जो अभिव्यक्ति और विकास की माँग कर रही है।

जहाँ कोई कार्य करने के लिए विकसित या अविकसित—कोई भी शक्ति नहीं है, वहाँ उस कार्य को करने की इच्छा भी नहीं होगी। जहाँ किसी कार्य को करने की तीव्र इच्छा है, वहाँ निश्चित रूप से उस कार्य को करने के लिए शक्ति भी होगी, जिसे सिर्फ विकसित करके सही तरीके से प्रयोग करने की आवश्यकता है।

जहाँ कोई कार्य करने के लिए विकसित या अविकसित—कोई भी शक्ति नहीं है, वहाँ उस कार्य को करने की इच्छा भी नहीं होगी। जहाँ किसी कार्य को करने की तीव्र इच्छा है, वहाँ निश्चित रूप से उस कार्य को करने के लिए शक्ति भी होगी, जिसे सिर्फ विकसित करके सही तरीके से प्रयोग करने की आवश्यकता है।

जब अन्य सभी चीजें समान हों तो यह सर्वथा उचित होगा कि आप उस व्यवसाय का चुनाव करें, जिसके लिए आपके पास पूर्णतया विकसित प्रतिभा है; लेकिन यदि आपके मन में किसी और व्यवसाय से जुड़ने की तीव्र इच्छा है तो आपको उस कार्य का चुनाव अपने परम लक्ष्य के रूप में कर लेना चाहिए।

आप जो काम करना चाहते हैं, वह कर सकते हैं। यह आपका अधिकार भी है और आपके लिए यथोचित भी कि आप उस व्यवसाय या व्यापार से जुड़ें, जो आपके लिए सर्वाधिक अनुकूल और सुखद हो। आप उस काम को करने के लिए बाध्य नहीं हैं, जो आप नहीं करना चाहते। आपको वह काम सिर्फ उसी स्थिति में करना चाहिए, यदि वह आपको आपके पसंद के काम से जोड़ने का माध्यम बन रहा हो।

यदि आपसे पूर्व में ऐसी गलतियाँ हुई हैं, जिनके फलस्वरूप आपको अनचाहे व्यवसाय या वातावरण में रहना पड़ रहा है तो कुछ समय के लिए आप वह काम करने के लिए बाध्य हो सकते हैं, जो आप नहीं करना चाहते; लेकिन आप उस अनचाही परिस्थिति को यह सोचकर सुखद बना सकते हैं कि वह आपके लिए आपके पसंद के काम से जुड़ना संभव करने जा रही है।

यदि आपके सामने कोई अच्छा अवसर आता है और सोच-विचार के पश्चात् आपको लगता है कि वह आपके लिए हर प्रकार से उचित है तो अचानक और आमूल परिवर्तन करने से डरिए मत। लेकिन यदि आपके मन में अपने निर्णय के प्रति जरा सा भी संदेह हो तो अचानक और आमूल परिवर्तन के बारे में मत सोचिए।

यदि आपको लगता है कि आप सही व्यवसाय में नहीं हैं तो दूसरे व्यवसाय में प्रवेश करने की जल्दबाजी न करें। सामान्यत: व्यवसाय या वातावरण बदलने का श्रेष्ठ तरीका होता है—विकास द्वारा बदलाव लाना।

यदि आपके सामने कोई अच्छा अवसर आता है और सोच-विचार के पश्चात् आपको लगता है कि वह आपके लिए हर प्रकार से उचित है तो अचानक और आमूल परिवर्तन करने से डरिए मत। लेकिन यदि आपके मन में अपने निर्णय के प्रति जरा सा भी संदेह हो तो अचानक और आमूल परिवर्तन के बारे में मत सोचिए।

रचनात्मक धरातल पर कभी जल्दबाजी की आवश्यकता नहीं होती और अवसरों की कमी भी नहीं होती। जब आप प्रतिस्पर्धात्मक प्रवृत्ति से बाहर आएँगे, तब आप जान जाएँगे कि आपको जल्दबाजी करने की आवश्यकता कभी नहीं होती। कोई भी अन्य व्यक्ति आपको उस कार्य में मात नहीं दे पाएगा, जो आप करना चाहते हैं। यहाँ सबके लिए पर्याप्त

है। यदि एक स्थान भर जाता है तो आपके लिए कुछ दूरी पर दूसरा बेहतर स्थान तैयार हो जाएगा। समय की भी कोई कमी नहीं है। जब आपके मन में संदेह हो तो कुछ देर रुक जाएँ। अपनी दृष्टि के अवलोकन पर भरोसा करें, अपने उद्‌देश्य और विश्वास को बढ़ाएँ; साथ ही संदेह और असमंजस की स्थिति में मन में कृतज्ञता की भावना उत्पन्न करें।

जो आपको चाहिए, उसके बारे में ध्यान से सोचते हुए एक-दो दिन बिताइए। आपको वह मिलने वाला है, यह सोचकर हृदय से आभार व्यक्त करिए तो आपका मन सर्वोच्च तत्त्व के साथ इतनी निकटता से संबद्ध हो जाएगा कि जब आप कार्य करेंगे तो आपसे कोई गलती नहीं होगी।

जो आपको चाहिए, उसके बारे में ध्यान से सोचते हुए एक-दो दिन बिताइए। आपको वह मिलने वाला है, यह सोचकर हृदय से आभार व्यक्त करिए तो आपका मन सर्वोच्च तत्त्व के साथ इतनी निकटता से संबद्ध हो जाएगा कि जब आप कार्य करेंगे तो आपसे कोई गलती नहीं होगी।

एक बुद्धि तत्त्व है, जिसको सबकुछ ज्ञात है और आप विश्वास एवं जीवन में प्रगति करने के उद्‌देश्य द्वारा इस बुद्धि तत्त्व के संपर्क में आ सकते हैं, यदि आपके मन में गहरी कृतज्ञता की भावना है।

गलतियाँ जल्दबाजी में कार्य करने के कारण होती हैं या मन में डर और संदेह लेकर कार्य करने के कारण अथवा फिर अपने सही उद्‌देश्य को भूल जाने के कारण, जो सभी को अधिक परिपूर्ण जीवन प्रदान करता है, कम किसी को नहीं।

जैसे-जैसे आप सही तरीके से काम करने के पथ पर अग्रसर होंगे, आपके सामने अधिक अवसर आने लगेंगे। उस समय आपको अपने उद्‌देश्य और विश्वास पर स्थिरता से टिके रहना होगा और भक्तिपूर्ण कृतज्ञता के साथ सर्वोच्च तत्त्व के संपर्क में रहना होगा।

जो कुछ भी आप एक दिन में कर सकते हैं, उसको प्रतिदिन संपूर्ण कुशलता के साथ कीजिए; लेकिन जल्दबाजी, चिंता या भय के बिना कीजिए। आप जितनी तेजी से अपने कार्य कर सकते हैं, करिए, लेकिन जल्दबाजी मत करिए।

याद रखिए कि जैसे ही आप जल्दबाजी करने लगते हैं, आप सृजनकर्ता नहीं रहते, बल्कि प्रतियोगी बन जाते हैं; आप फिर अपने पहलेवाले धरातल पर पहुँच जाते हैं।

जब भी आपको महसूस हो कि आप जल्दबाजी कर रहे हैं, अपने आपको रोक लीजिए; अपना ध्यान उस चीज की मानसिक छवि पर केंद्रित कीजिए, जो आपको चाहिए और आभार प्रकट करना आरंभ कर दीजिए कि वह आपको प्राप्त होने वाली है। कृतज्ञता की यह क्रिया आपके विश्वास को दृढ़ता और आपके उद्देश्य को नवजीवन प्रदान करेगी।

□

14

वृद्धि का प्रभाव

चाहे आप अपना व्यवसाय बदलें या नहीं, वर्तमान में आपकी क्रियाएँ उसी व्यवसाय से संबंधित होनी चाहिए, जिसमें आप इस समय कार्यरत हैं।

जिस व्यवसाय में आप पहले से स्थापित हैं, उसका रचनात्मक उपयोग करके आप उस व्यवसाय में प्रवेश कर सकते हैं, जिसमें आप जाना चाहते हैं—अपने दैनिक कार्यों को विशेष तरीके से करते हुए।

जहाँ तक आपके व्यवसाय में अन्य लोगों से संपर्क स्थापित करने की बात है, चाहे व्यक्तिगत रूप से या पत्राचार द्वारा, आपके समस्त प्रयासों की प्रमुख सोच उनके मस्तिष्क तक वृद्धि की धारणा संप्रेषित करने की होनी चाहिए।

वृद्धि या उन्नति ही वह चीज है, जो सभी स्त्रियाँ और सभी पुरुष चाहते हैं। वह उनके अंदर स्थित निराकार तत्त्व की प्रेरणा है, जो संपूर्ण अभिव्यक्ति चाहती है।

उन्नति की चाहत संपूर्ण प्रकृति में अंतर्निहित है। वह ब्रह्मांड का मूलभूत आवेग है। समस्त मानवीय क्रियाएँ उन्नति की चाहत पर आधारित हैं। लोग अधिक भोजन, अधिक कपड़े, बेहतर निवास, अधिक विलासिता, अधिक सौंदर्य, अधिक ज्ञान, अधिक आनंद की तलाश में

हैं। प्रत्येक चीज में वृद्धि—जीवन में भी।

प्रत्येक प्राणी निरंतर विकास की इस आवश्यकता के अधीन है। जहाँ जीवन की वृद्धि समाप्त हो जाती है, वहाँ तत्काल विघटन और मृत्यु का आगमन हो जाता है।

मनुष्य इस बात को सहज ज्ञान से जानता है, इसलिए वह निरंतर अधिक की तलाश में रहता है। सतत वृद्धि का यह नियम जीसस द्वारा प्रतिभाओं के दृष्टांत में स्थापित किया गया है। सिर्फ वही लोग, जो अधिक प्राप्त करते हैं, अपने पास कुछ बचा पाते हैं। जिसके पास पर्याप्त नहीं है, उससे वह भी ले लिया जाएगा, जो उसके पास है।

धन-संपत्ति में वृद्धि की सामान्य इच्छा रखना कोई पाप या निंदनीय बात नहीं है। यह तो सिर्फ एक अधिक परिपूर्ण जीवन पाने की चाहत है। यह महत्त्वाकांक्षा है। चूँकि यह उनके स्वभाव की सबसे मूल प्रवृत्ति है, इसलिए सभी स्त्री-पुरुष उसकी ओर आकर्षित होते हैं, जो उन्हें सुख-सुविधा से जीवन जीने के अधिक साधन दे सकता है।

धन-संपत्ति में वृद्धि की सामान्य इच्छा रखना कोई पाप या निंदनीय बात नहीं है। यह तो सिर्फ एक अधिक परिपूर्ण जीवन पाने की चाहत है। यह महत्त्वाकांक्षा है।

चूँकि यह उनके स्वभाव की सबसे मूल प्रवृत्ति है, इसलिए सभी स्त्री-पुरुष उसकी ओर आकर्षित होते हैं, जो उन्हें सुख-सुविधा से जीवन जीने के अधिक साधन दे सकता है।

आगे के पृष्ठों में बताए गए विशेष तरीके का पालन करके आपको अपने लिए निरंतर तरक्की प्राप्त होगी और आप उसे उन सभी लोगों को देंगे, जिनसे आपका संपर्क है।

आप एक रचनात्मक केंद्र हैं, जिसमें से सबको तरक्की दी जाती है।

इस बात के प्रति सुनिश्चित हो जाइए और इस बात का आश्वासन प्रत्येक पुरुष, स्त्री व बालक को दीजिए, जिसके संपर्क में आप आते हैं। चाहे कितना भी छोटा लेन-देन या सौदा हो, चाहे वह एक छोटे बच्चे को टॉफी बेचने की ही बात क्यों न हो, उसमें आप वृद्धि करने का विचार उत्पन्न कीजिए और इस बात को सुनिश्चित कीजिए कि आपका ग्राहक उस विचार से प्रभावित हुआ है।

जो कुछ भी आप करें, उसके माध्यम से उन्नति का प्रभाव संप्रेषित करें, ताकि आपके संपर्क में आनेवाले सभी लोगों तक यह संदेश पहुँचे कि आप एक उन्नतिशील व्यक्ति हैं और उन सबकी उन्नति में सहायक हैं, जो आपके साथ काम करते हैं। उन लोगों के मन में भी, जिनसे आप बिना किसी व्यावसायिक कारण के सामाजिक रूप से मिलते हैं और जिन्हें आप कुछ भी बेचने का प्रयास नहीं करते, उन्नति की सोच डालने का प्रयास कीजिए।

जो कुछ भी आप करें, उसके माध्यम से उन्नति का प्रभाव संप्रेषित करें, ताकि आपके संपर्क में आनेवाले सभी लोगों तक यह संदेश पहुँचे कि आप एक उन्नतिशील व्यक्ति हैं और उन सबकी उन्नति में सहायक हैं, जो आपके साथ काम करते हैं।

यह प्रभाव आप संप्रेषित कर सकते हैं, अपने मन में इस अटूट विश्वास को स्थापित करके कि आप स्वयं उन्नति के पथ पर अग्रसर हैं और इस विश्वास को अपनी प्रत्येक क्रिया में समाहित करके।

अपने प्रत्येक कार्य को इस दृढ़ विश्वास के साथ करिए कि आप एक उन्नतिशील व्यक्ति हैं और आप सबको उन्नति करने का अवसर दे रहे हैं।

महसूस करिए कि आप धनवान् हो रहे हैं और इस उपक्रम में आप अन्य लोगों को भी धनवान् बना रहे हैं तथा सबको लाभान्वित कर रहे हैं।

अपनी सफलता पर घमंड न करें, न ही शेखी बघारें या अनावश्यक

रूप से उसके बारे में बात करें। सच्चा विश्वास आत्म-प्रशंसा से दूर रहता है।

जब भी आप किसी घमंडी व्यक्ति से मिलते हैं तो आप एक ऐसे व्यक्ति से मिलते हैं, जो छिपे तौर पर डरा हुआ और संदेह से भरा हुआ है। आप सिर्फ अपने विश्वास को महसूस कीजिए और अपने प्रत्येक सौदे में उसका उपयोग कीजिए। अपनी प्रत्येक क्रिया, चेहरे के भाव और स्वर से यह मौन आश्वासन व्यक्त कीजिए कि आप धनवान् हो रहे हैं; बल्कि आप धनवान् बन चुके हैं। इस भावना को दूसरों के सामने प्रकट करने के लिए शब्दों की आवश्यकता नहीं होती। वे आपकी उपस्थिति में उन्नति की भावना को महसूस कर लेंगे और फिर से आपकी ओर आकर्षित होंगे।

आपको दूसरों को इस प्रकार प्रभावित करना चाहिए कि उन्हें महसूस हो कि आपके सहभागी बनकर वे स्वयं भी उन्नति करेंगे। देखिए कि आप उन्हें उपयोग मूल्य में उससे अधिक दे रहे हैं, जितना आप उनसे नकद मूल्य में प्राप्त कर रहे हैं।

आपको दूसरों को इस प्रकार प्रभावित करना चाहिए कि उन्हें महसूस हो कि आपके सहभागी बनकर वे स्वयं भी उन्नति करेंगे। देखिए कि आप उन्हें उपयोग मूल्य में उससे अधिक दे रहे हैं, जितना आप उनसे नकद मूल्य में प्राप्त कर रहे हैं।

ऐसा करने में एक ईमानदार गौरव महसूस कीजिए और सबकी जानकारी में यह बात आने दीजिए, फिर आपके पास ग्राहकों की कोई कमी नहीं रहेगी। लोग वहीं जाते हैं, जहाँ उन्हें लाभ मिलता है और वह सर्वोच्च तत्त्व, जो सबकी उन्नति चाहता है, जिसे सबकुछ ज्ञात है, आपकी ओर उन स्त्रियों व पुरुषों को भी आकर्षित करेगा, जिन्होंने आपके बारे में कभी सुना नहीं है। आपका व्यापार शीघ्रता से बढ़ने लगेगा और आप उन अनपेक्षित लाभों को देखकर चकित रह जाएँगे,

जो आपको प्राप्त होंगे। दिन-प्रतिदिन आप और बड़े संयोजन कर पाएँगे, अधिक लाभ अर्जित कर पाएँगे तथा यदि आपकी इच्छा होगी तो अधिक अनुकूल व्यवसाय में प्रवेश कर पाएँगे।

यह सब करते समय आपको उस चीज की मानसिक छवि को, जो आप पाना चाहते हैं या उस चीज को पाने के अपने उद्देश्य एवं विचार को अपनी दृष्टि से ओझल नहीं होने देना है।

अनगिनत सदियों से राजाओं और जमींदारों ने अपने राज्य की सीमाओं का विस्तार करने के लिए युद्ध करके धरती को लहू से सींचा है। ऐसा उन्होंने सबके लिए अधिक जीवन प्राप्त करने के उद्देश्य से नहीं किया था, बल्कि अपने लिए अधिक शक्ति और सत्ता प्राप्त करने के उद्देश्य से किया था।

उद्देश्यों के संबंध में मैं आपको सतर्क रहने के लिए कुछ सुझाव देना चाहता हूँ—

दूसरों के सामने अपनी शक्ति का प्रदर्शन करके उन पर हावी होने के घातक प्रलोभन से बचकर रहें।

एक विकृत या आंशिक रूप से विकसित मस्तिष्क के लिए दूसरों पर अपनी प्रभुता स्थापित करने या शक्ति-प्रदर्शन करने से अधिक सुखदायी कोई बात नहीं होती। अपने स्वार्थ की संतुष्टि के लिए दूसरों पर शासन करने की प्रवृत्ति संसार के लिए एक अभिशाप के समान रही है। अनगिनत सदियों से राजाओं और जमींदारों ने अपने राज्य की सीमाओं का विस्तार करने के लिए युद्ध करके धरती को लहू से सींचा है। ऐसा उन्होंने सबके लिए अधिक जीवन प्राप्त करने के उद्देश्य से नहीं किया था, बल्कि अपने लिए अधिक शक्ति और सत्ता प्राप्त करने के उद्देश्य से किया था।

आज व्यापार और उद्योग जगत् का मुख्य उद्देश्य भी वही है। कुछ धनकुबेर अपने रुपयों की सेना से लैस होकर शक्ति और सत्ता

पाने की लड़ाई में लाखों लोगों के जीवन और हृदय बरबाद कर देते हैं। वाणिज्यिक शासक भी राजनीतिक शासकों की तरह सत्ता के प्रति लोलुपता से ग्रस्त हैं।

जीसस ने शासन करने की इस इच्छा में पापी संसार का गतिशील आवेग देखा था, जिसे वे उखाड़ फेंकना चाहते थे। मैथ्यू का तेईसवाँ अध्याय पढ़िए और देखिए कि किस प्रकार उन्होंने फारसियों की 'मास्टर' कहलाने की लालसा का, ऊँचे स्थान पर बैठने की, दूसरों पर प्रभुत्व स्थापित करने की और निर्बल व असहाय लोगों की पीठों पर बोझ डालने की प्रवृत्ति का चित्रण किया है! ध्यान दीजिए कि किस प्रकार उन्होंने इस सत्ता-लोलुपता की तुलना अपने शिष्यों की सबके भले के लिए भाईचारे की तलाश से की है?

उस प्रलोभन से बचने का प्रयास करिए, जो आपको दूसरों पर अधिकार प्राप्त करने के लिए, मालिक बनने की इच्छा रखने के लिए, स्वयं को सामान्य लोगों से श्रेष्ठ कहलाने के लिए और अपनी समृद्धि का भव्य प्रदर्शन करके दूसरों को प्रभावित करने के लिए उकसाता है।

उस प्रलोभन से बचने का प्रयास करिए, जो आपको दूसरों पर अधिकार प्राप्त करने के लिए, मालिक बनने की इच्छा रखने के लिए, स्वयं को सामान्य लोगों से श्रेष्ठ कहलाने के लिए और अपनी समृद्धि का भव्य प्रदर्शन करके दूसरों को प्रभावित करने के लिए उकसाता है।

जो बुद्धि दूसरों पर अपनी प्रभुता स्थापित करना चाहती है, वह प्रतिस्पर्धात्मक होती है और प्रतिस्पर्धात्मक बुद्धि रचनात्मक नहीं होती। अपने वातावरण और अपनी नियति पर अधिकार प्राप्त करने के लिए यह कतई आवश्यक नहीं है कि आप अपने सहयोगियों या साथियों पर शासन करें; बल्कि जब आप ऊँचाई हासिल करने के संसार के लिए संघर्ष का हिस्सा बन जाते हैं तो आप वातावरण एवं नियति के अधीन हो जाते हैं

और आपका धनवान् बनना किस्मत व कल्पना की बात हो जाती है।

प्रतिस्पर्धात्मक प्रवृत्ति से सावधान रहिए। रचनात्मक क्रिया के सिद्धांत के संबंध में उससे बेहतर कोई वक्तव्य नहीं तैयार हुआ है, जो 'गोल्डन रूल' जोंस ऑफ टोलेडो ने दिया था—"जो कुछ मैं अपने लिए चाहता हूँ, वह मैं सबके लिए चाहता हूँ।"

□

15

उन्नतिशील व्यक्ति

जो कुछ मैंने पिछले अध्याय में कहा है, वह एक पेशेवर व्यक्ति और वेतन-भोगी पर भी उतना ही लागू होता है, जितना उस व्यक्ति पर, जो व्यापार में संलग्न है।

चाहे आप एक डॉक्टर हों, एक अध्यापक या एक पादरी, यदि आप दूसरों को अधिक परिपूर्ण जीवन दे सकते हैं और उन्हें उस बात की अनुभूति करा सकते हैं तो वे आपकी ओर आकर्षित होंगे और आप धनवान् हो जाएँगे। वह डॉक्टर, जो अपने आपको एक असाधारण और सफल चिकित्सक के रूप में देखता है और अपनी इस छवि को वास्तविक रूप देने की दिशा में विश्वास एवं उद्देश्य के साथ अग्रसर होता है, जैसा कि पिछले अध्यायों में समझाया गया है, जीवन के स्रोत के साथ इतने निकट संपर्क में आ जाएगा कि वह अभूतपूर्व सफलता प्राप्त कर लेगा। उसके पास मरीजों की भीड़ लगी रहेगी।

किसी को इस पुस्तक में दी गई शिक्षा को अमल में लाने का उतना बड़ा अवसर प्राप्त नहीं है, जितना एक चिकित्सक को है। इस बात से कोई फर्क नहीं पड़ता कि वह चिकित्सा की कौन सी पद्धति से संबंधित है, क्योंकि चिकित्सा का सिद्धांत सब में समान है और सब उसे समान रूप से ग्रहण कर सकते हैं।

चिकित्सा के क्षेत्र में उन्नति कर रहा व्यक्ति, जिसने एक सफल चिकित्सक के रूप में मानसिक छवि बना रखी है और जो विश्वास, उद्देश्य एवं कृतज्ञता के नियमों का पालन करता है, वह उपचार योग्य प्रत्येक व्याधि का सफल उपचार करने में सफल होगा, चाहे वह किसी भी पद्धति से उपचार करे।

धर्म के क्षेत्र में यह संसार एक ऐसा धार्मिक गुरु चाहता है, जो अपने श्रोताओं को अनंत जीवन के वास्तविक विज्ञान के विषय में बताए। वह व्यक्ति, जो धनवान् बनने के विज्ञान को विस्तृत रूप से समझकर कंठस्थ कर लेता है और साथ ही इससे संबद्ध स्वस्थ होने के विज्ञान, महान् बनने के विज्ञान, प्रेम को जीतने के विज्ञान को भी समझ लेता है और व्यासपीठ से इन सबके विषय में शिक्षा देता है, उसके पास श्रोताओं की कभी कमी नहीं होगी। यही वह सुसमाचार है, जिसकी संसार को आवश्यकता है। यह जीवन में वृद्धि करेगा और लोग इसे खुशी से सुनेंगे तथा उस व्यक्ति को उदारता से समर्थन देंगे, जो इसे उनके पास लाएगा।

धर्म के क्षेत्र में यह संसार एक ऐसा धार्मिक गुरु चाहता है, जो अपने श्रोताओं को अनंत जीवन के वास्तविक विज्ञान के विषय में बताए। वह व्यक्ति, जो धनवान् बनने के विज्ञान को विस्तृत रूप से समझकर कंठस्थ कर लेता है और साथ ही इससे संबद्ध स्वस्थ होने के विज्ञान, महान् बनने के विज्ञान, प्रेम को जीतने के विज्ञान को भी समझ लेता है और व्यासपीठ से इन सबके विषय में शिक्षा देता है, उसके पास श्रोताओं की कभी कमी नहीं होगी।

अब जिस चीज की आवश्यकता है, वह है, व्यासपीठ से जीवन के विज्ञान का प्रदर्शन। हमें ऐसे धर्मोपदेशक की आवश्यकता है, जो न सिर्फ हमें बता सके कि यह कैसे हुआ, बल्कि अपना उदाहरण देकर दिखा भी सके कि यह कैसे हुआ।

हमें ऐसा उपदेशक चाहिए, जो स्वयं भी धनवान्, स्वस्थ, महान् और सबका प्यारा हो, ताकि वह हमें सिखा सके कि ये चीजें कैसे प्राप्त की जा सकती हैं; और जब वह आएगा तो उसके सामने अनगिनत निष्ठावान् अनुयायी उपस्थित होंगे।

यही बात उस शिक्षक पर भी लागू होती है, जो बच्चों को उन्नतिशील जीवन के उद्‌देश्य और विश्वास से प्रेरित करता है। उसे कभी भी नौकरी की कमी नहीं होगी। कोई भी शिक्षक, जिसके पास विश्वास और उद्‌देश्य है, वह उसे बच्चों को दे सकता है। यदि ये दोनों चीजें उसके अपने जीवन और क्रियाओं का हिस्सा हैं तो वह उन्हें बच्चों को देने से अपने को रोक नहीं सकता।

यही बात उस शिक्षक पर भी लागू होती है, जो बच्चों को उन्नतिशील जीवन के उद्‌देश्य और विश्वास से प्रेरित करता है। उसे कभी भी नौकरी की कमी नहीं होगी। कोई भी शिक्षक, जिसके पास विश्वास और उद्‌देश्य है, वह उसे बच्चों को दे सकता है। यदि ये दोनों चीजें उसके अपने जीवन और क्रियाओं का हिस्सा हैं तो वह उन्हें बच्चों को देने से अपने को रोक नहीं सकता।

जो बात एक शिक्षक, उपदेशक और चिकित्सक के संदर्भ में सही है, वही एक वकील, दंत-चिकित्सक, रियल एस्टेट का कार्य करनेवाले व्यक्ति और बीमाकर्मी—सभी पर लागू होती है।

मैंने संयुक्त मानसिक और शारीरिक क्रिया के विषय में जो निर्देश दिए हैं, वे अचूक हैं। वे असफल नहीं हो सकते। प्रत्येक पुरुष और स्त्री, जो इन निर्देशों का स्थिरता से, लगन से अक्षरशः पालन करेगा, वह धनवान् बनेगा। जीवन में वृद्धि का नियम अपने संचालन में गणितीय रूप से उतना ही अचूक है, जितना गुरुत्वाकर्षण का नियम है। धनवान् बनना एक यथार्थ विज्ञान है।

एक वेतनभोगी व्यक्ति इस तथ्य को अपने संदर्भ में उतना ही सच्चा पाएगा, जितना उल्लिखित लोगों में से कोई और। ऐसी भावना मन में मत आने दीजिए कि आपके धनवान् होने की कोई संभावना नहीं है; क्योंकि आप ऐसे स्थान पर कार्य कर रहे हैं, जहाँ प्रगति के कोई प्रत्यक्ष अवसर नहीं हैं, जहाँ वेतन कम है और जीवन-यापन के खर्च अधिक। जो कुछ भी आपको चाहिए, उसकी एक स्पष्ट मानसिक छवि का निर्माण कीजिए और उद्‌देश्य व विश्वास के साथ उस कार्य का आरंभ कीजिए।

जितना भी कार्य आप एक दिन में कर सकते हैं, प्रतिदिन करें और प्रत्येक कार्य को पूर्णता से तथा कुशलतापूर्वक करें। जो भी कार्य आप करें, उसमें सफलता की शक्ति और धनवान् होने का उद्‌देश्य समाहित करें।

जितना भी कार्य आप एक दिन में कर सकते हैं, प्रतिदिन करें और प्रत्येक कार्य को पूर्णता से तथा कुशलतापूर्वक करें। जो भी कार्य आप करें, उसमें सफलता की शक्ति और धनवान् होने का उद्‌देश्य समाहित करें।

यह सब आप सिर्फ अपने नियोक्ता के कृपापात्र बनने के उद्‌देश्य से मत करिएगा, इस आशा में कि वह या आपके अन्य वरिष्ठ अधिकारी आपका अच्छा काम देखकर आपको पदोन्नति दे देंगे। उनके ऐसा करने की संभावना बहुत कम है।

कोई भी व्यक्ति, जो सिर्फ एक कुशल कार्यकर्ता है और अपने प्रत्येक कार्य में अपनी संपूर्ण क्षमता का उपयोग करता है और उतने से ही संतुष्ट रहता है, अपने मालिक के लिए बहुत महत्त्वपूर्ण होता है। उसे पदोन्नति देने में मालिक को कोई दिलचस्पी नहीं होती। मालिक का फायदा उसे उसी स्थान पर रखने में है।

प्रगति सुनिश्चित करने के लिए अपने कार्य को संपूर्ण क्षमता के साथ करने के अलावा भी कुछ आवश्यक है।

जिस व्यक्ति का प्रगति करना निश्चित है, वह अपने पद से बहुत बड़ा होता है। उसे स्पष्ट रूप से पता होता है कि उसे क्या बनना है! वह जानता है कि वह जो बनना चाहता है, वह बन सकता है और उसके मन में उस स्थान को पाने का दृढ़ संकल्प होता है।

अपने मालिक को प्रसन्न करने के उद्देश्य से अपनी क्षमता से अधिक काम करने का प्रयास न करें; ऐसा स्वयं को प्रगति के पथ पर ले जाने के विचार से करें। विश्वास और उन्नति के उद्देश्य को काम के घंटों के दौरान, काम के घंटों के बाद और काम के घंटों के पहले मन में स्थिर करके रखें। इस विचार को मन में इस प्रकार स्थापित करके रखें कि प्रत्येक व्यक्ति, जो आपके संपर्क में आता है, चाहे वह फोरमैन हो, आपके कार्यक्षेत्र का सहयोगी हो या कोई परिचित, उसकी शक्ति के प्रभाव को महसूस कर सके; ताकि सबको आपसे प्रगति और वृद्धि की अनुभूति प्राप्त हो सके। लोग आपकी ओर आकर्षित होंगे। यदि आपकी वर्तमान नौकरी में प्रगति की कोई संभावना नहीं होगी तो आपको शीघ्र ही दूसरी नौकरी में जाने का अवसर प्राप्त होगा।

अपने मालिक को प्रसन्न करने के उद्देश्य से अपनी क्षमता से अधिक काम करने का प्रयास न करें; ऐसा स्वयं को प्रगति के पथ पर ले जाने के विचार से करें। विश्वास और उन्नति के उद्देश्य को काम के घंटों के दौरान, काम के घंटों के बाद और काम के घंटों के पहले मन में स्थिर करके रखें।

एक शक्ति है, जो ऐसे प्रगतिशील व्यक्ति को अवसर प्रदान करने में कभी नहीं चूकती, जो नियम का पालन करते हुए प्रगति के पथ पर अग्रसर है।

यदि आप विशेष तरीके से कार्य कर रहे हैं तो ईश्वर स्वयं को आपकी सहायता करने से नहीं रोक पाएगा।

आपकी परिस्थितियों में या औद्योगिक स्थिति में ऐसा कुछ नहीं है, जो आपको आगे बढ़ने से रोक सके। यदि आप स्टील प्लांट के लिए काम करके धनवान् नहीं बन सकते तो आप 10 एकड़ के फार्म में खेती करके धनवान् हो सकते हैं। यदि आप विशेष तरीके से काम करते रहे तो आप निश्चित रूप से स्टील प्लांट के शिकंजे से निकल जाएँगे और अपने फार्म में या जहाँ भी आप जाना चाहते हैं, पहुँच जाएँगे।

यदि कुछ हजार कर्मचारी विशेष तरीके में प्रवेश कर लेते हैं तो स्टील प्लांट शीघ्र ही दुर्दशा की स्थिति में पहुँच जाएगा। उसे अपने कर्मचारियों को अधिक अवसर देने पड़ेंगे, वरना वह कारोबार से बाहर हो जाएगा। किसी पर भी प्लांट के लिए कार्य करने की बाध्यता नहीं है। कोई भी ट्रस्ट तभी तक लोगों को निराशाजनक स्थिति में रख सकता है, जब तक ऐसे लोग हैं, जो धनी बनने के विज्ञान से पूरी तरह अनजान हैं या बौद्धिक रूप से इतने आलसी हैं कि उसका अनुसरण नहीं करना चाहते।

किसी पर भी प्लांट के लिए कार्य करने की बाध्यता नहीं है। कोई भी ट्रस्ट तभी तक लोगों को निराशाजनक स्थिति में रख सकता है, जब तक ऐसे लोग हैं, जो धनी बनने के विज्ञान से पूरी तरह अनजान हैं या बौद्धिक रूप से इतने आलसी हैं कि उसका अनुसरण नहीं करना चाहते।

हमारे बताए विशेष तरीके से कार्य करना आरंभ करिए, आपका उद्‌देश्य और विश्वास तत्परता से आपको अपनी स्थिति बेहतर करने के अवसर से अवगत कराएँगे।

ऐसे अवसर शीघ्रता से आएँगे, क्योंकि सर्वोच्च तत्त्व, जो सब में काम करता है और आप में भी काम कर रहा है, उन्हें आप तक लेकर आएगा।

जो आप बनना चाहते हैं, वह बन पाने के लिए किसी अवसर की प्रतीक्षा न करें। हाँ, जब आपके सामने कोई ऐसा अवसर आए, जो आपकी वर्तमान स्थिति को बेहतर बना सकता हो और आप उसकी ओर खिंचाव महसूस करें तो उसे स्वीकार कर लीजिए। यह किसी बड़े अवसर की ओर आपका पहला कदम होगा।

जो मनुष्य प्रगतिशील जीवन जी रहा हो, उसके लिए इस ब्रह्मांड में अवसरों की कोई कमी नहीं है।

यह तो ब्रह्मांड के संविधान में अंतर्निहित है कि सभी चीजें मनुष्य के लिए हैं और उसकी उन्नति के लिए साथ में काम करती हैं; और वह निश्चित रूप से धनवान् बनेगा, यदि वह विशेष तरीके से सोचता और अपने कार्य करता है। इसलिए नौकरी-पेशा स्त्रियों व पुरुषों को यह पुस्तक ध्यान से पढ़नी चाहिए और इसके निर्देशों का आत्मविश्वास के साथ पालन करना चाहिए। उन्हें सफलता निश्चित रूप से मिलेगी।

□

16

कुछ सावधानियाँ और अंतिम अवलोकन

बहुत से लोग इस विचार को लेकर उपहास करेंगे कि धनवान् बनने का एक यथार्थ विज्ञान है। इस धारणा को सच मानते हुए कि धन की आपूर्ति सीमित है, वे इस बात पर जोर देंगे कि सामाजिक और सरकारी संस्थाओं को बदल देना चाहिए, इससे पहले कि पर्याप्त संख्या में लोग क्षमता का अधिग्रहण कर सकें।

लेकिन यह सच नहीं है। यह सच है कि वर्तमान सरकारें जनता को निर्धनता की स्थिति में रखती हैं; लेकिन ऐसा इसलिए है, क्योंकि जनता न विशेष तरीके से सोचती है और न ही कार्य करती है।

यदि जनता इस पुस्तक में दिए निर्देशों के अनुसार आगे बढ़ने लगेगी तो कोई सरकार या औद्योगिक व्यवस्था उसे रोक नहीं पाएगी। सभी व्यवस्थाओं का प्रगति के आंदोलन को समायोजित करते हुए संशोधन करना चाहिए।

यदि लोगों के पास प्रगतिशील बुद्धि है, यह विश्वास है कि वे भी धनवान् बन सकते हैं और वे धनवान् बनने के दृढ़ उद्देश्य को लेकर आगे बढ़ते हैं तो कोई भी चीज उन्हें निर्धन नहीं बनाए रख सकती।

व्यक्तिगत रूप से तो लोग कभी भी, किसी के भी शासन में विशेष तरीके में प्रवेश कर सकते हैं और स्वयं को धनवान् बना सकते हैं। जब

असंख्य लोग एक साथ किसी के शासन में ऐसा करेंगे तो वे व्यवस्था के इस प्रकार संशोधित होने का कारण बनेंगे कि अन्य लोगों के लिए भी रास्ते खुल जाएँगे।

जितने अधिक लोग प्रतिस्पर्धात्मक प्रवृत्ति से धनी बनेंगे, उतना ही दूसरों के लिए नुकसानदेह होगा। जितने अधिक लोग रचनात्मक प्रवृत्ति द्वारा धनवान् बनेंगे, उतना दूसरों के लिए बेहतर होगा।

जनता का आर्थिक उद्धार सिर्फ अधिक-से-अधिक लोगों के इस पुस्तक में बताए वैज्ञानिक तरीके का इस्तेमाल करके धनवान् बनने से किया जा सकता है। ऐसे लोग दूसरों के सामने उदाहरण प्रस्तुत करेंगे और उन्हें एक परिपूर्ण जीवन की इच्छा करने के लिए प्रेरित करेंगे, इस विश्वास के साथ कि ऐसा जीवन प्राप्त किया जा सकता है और उसे प्राप्त करने के उद्देश्य के साथ।

अभी के लिए इतना जान लेना पर्याप्त है कि न तो वह सरकार, जिसके शासन में आप रहते हैं और न ही उद्योग जगत् की पूँजीवादी या प्रतिस्पर्धात्मक व्यवस्था आपको धनवान् बनने से रोक सकती है। जब आप विचारों के रचनात्मक धरातल में प्रवेश करेंगे तो आप अन्य सभी बातों से ऊपर उठकर एक अलग ही संसार के नागरिक बन जाएँगे।

अभी के लिए इतना जान लेना पर्याप्त है कि न तो वह सरकार, जिसके शासन में आप रहते हैं और न ही उद्योग जगत् की पूँजीवादी या प्रतिस्पर्धात्मक व्यवस्था आपको धनवान् बनने से रोक सकती है। जब आप विचारों के रचनात्मक धरातल में प्रवेश करेंगे तो आप अन्य सभी बातों से ऊपर उठकर एक अलग ही संसार के नागरिक बन जाएँगे।

लेकिन याद रखिए कि आपका विचार रचनात्मक धरातल पर टिका

होना चाहिए। आपको एक क्षण के लिए भी इस गलत सोच के बहकावे में नहीं आना है कि संसार में साधन सीमित हैं; न ही आपको प्रतिस्पर्धा के नैतिक स्तर पर कार्य करना है।

भविष्य में होनेवाली आकस्मिक घटनाओं का सामना आप कैसे करेंगे, इस बारे में योजनाएँ बनाने में समय नष्ट न करें, सिवाय उन आवश्यक योजनाओं के, जिनसे आपकी वर्तमान क्रियाएँ संबंधित हैं। आपको आज का काम पूरी कुशलता के साथ करने पर ध्यान देना चाहिए, उन आकस्मिक परिस्थितियों पर नहीं, जो कल आ सकती हैं।

जब कभी आप सोच के प्राचीन तरीकों में प्रवेश करने लगें, स्वयं को तत्काल सुधार लें; क्योंकि जब आप प्रतिस्पर्धात्मक प्रवृत्ति में होते हैं तो आप सर्वोच्च बुद्धि का सहयोग खो देते हैं।

भविष्य में होनेवाली आकस्मिक घटनाओं का सामना आप कैसे करेंगे, इस बारे में योजनाएँ बनाने में समय नष्ट न करें, सिवाय उन आवश्यक योजनाओं के, जिनसे आपकी वर्तमान क्रियाएँ संबंधित हैं। आपको आज का काम पूरी कुशलता के साथ करने पर ध्यान देना चाहिए, उन आकस्मिक परिस्थितियों पर नहीं, जो कल आ सकती हैं। उनसे आप तब भी निबट सकते हैं, जब वे आपके सामने होंगी।

यह सोचकर चिंतित न हों कि आपके व्यापार पर कोई संकट आया तो आप उसे किस प्रकार दूर करेंगे, जब तक कि आपको यह स्पष्ट रूप से समझ में न आ जाए कि उस संकट से बचने के लिए आपको अपनी कार्य-प्रणाली में आज ही बदलाव लाना होगा।

चाहे कोई बाधा दूर से कितनी ही बड़ी प्रतीत हो रही हो, आप देखेंगे कि यदि आप विशेष तरीके से कार्य करते हुए उसका सामना करेंगे तो या तो वह अदृश्य हो जाएगी या उसे दूर करने का कोई सहज समाधान मिल जाएगा।

परिस्थितियों का कोई संभव संयोजन उस स्त्री या पुरुष को पराजित नहीं कर सकता, जो धनवान् बनने के लिए वैज्ञानिक तरीकों का दृढ़ता से पालन कर रहा हो। नियम का पालन करनेवाले किसी भी स्त्री या पुरुष का धनवान् बनना उतना ही निश्चित है, जितना दो का दो से गुणा करने पर योग चार मिलना।

संभावित आपदाओं, बाधाओं, आतंकी घटनाओं या परिस्थितियों के प्रतिकूल संयोजन के बारे में सोचकर चिंतित न हों। इन सब चीजों का सामना करने के लिए आपके पास पर्याप्त समय होगा, जब ये आपके समक्ष आ खड़ी होंगी और आपको समझ में आएगा कि प्रत्येक कठिनाई अपने साथ अपने पर काबू पाने का साधन भी लेकर चलती है।

संभावित आपदाओं, बाधाओं, आतंकी घटनाओं या परिस्थितियों के प्रतिकूल संयोजन के बारे में सोचकर चिंतित न हों। इन सब चीजों का सामना करने के लिए आपके पास पर्याप्त समय होगा, जब ये आपके समक्ष आ खड़ी होंगी और आपको समझ में आएगा कि प्रत्येक कठिनाई अपने साथ अपने पर काबू पाने का साधन भी लेकर चलती है।

अपनी बोली पर ध्यान दें। कभी भी अपने बारे में, अपने कार्य के बारे में या किसी भी अन्य चीज के बारे में हतोत्साहित करनेवाली बात न करें।

असफलता की संभावना को कभी स्वीकार न करें, न ही कोई ऐसी बात कहें, जिससे असफलता की संभावना का अनुमान लग रहा हो।

कभी भी समय के कठिन होने की या व्यापार की स्थिति के अनिश्चित होने की बात न करें। जो लोग प्रतिस्पर्धात्मक प्रवृत्ति के हैं, उनके लिए समय कठिन और व्यापार की स्थिति अनिश्चित हो सकती है, लेकिन आपके लिए नहीं। आप जो चाहते हैं, उसका निर्माण कर

सकते हैं और आप भय व चिंता से मुक्त हो चुके हैं।

जब दूसरे कठिन समय का सामना कर रहे होंगे और उनके व्यापार में बाधाएँ आ रही होंगी, उस समय आपको सबसे बड़े अवसर प्राप्त होंगे।

स्वयं को इस प्रकार प्रशिक्षित कीजिए कि संसार के प्रति आपकी सोच और दृष्टि ऐसी हो, जिसमें आप उसे परिपूर्ण होता हुआ, प्रगति करता हुआ देखें। बुराई सिर्फ उसी चीज में देखें, जो अविकसित है। सदैव प्रगति की भाषा में बात करें। प्रगति के विपरीत बात करने का अर्थ है—अपने विश्वास को नकारना और विश्वास को नकारने का अर्थ है—उसे खो देना।

निराशा की भावना कभी मन में न आने दें। आपके मन में किसी चीज को एक निश्चित समय पर पाने की आशा होगी और वह आपको उस समय नहीं मिली तो हो सकता है, यह आपको अपनी असफलता प्रतीत हो।

लेकिन यदि आप अपने विश्वास को स्थिरता से थामकर रखेंगे तो जान जाएँगे कि यह असफलता सिर्फ प्रत्यक्ष में है।

निराशा की भावना कभी मन में न आने दें। आपके मन में किसी चीज को एक निश्चित समय पर पाने की आशा होगी और वह आपको उस समय नहीं मिली तो हो सकता है, यह आपको अपनी असफलता प्रतीत हो।

आप विशेष तरीके से अपने कार्य करते रहिए। यदि आपको वह चीज नहीं मिलती तो आपको उससे इतनी बेहतर चीज मिल जाएगी कि आपको लगेगा कि जो आपको अपनी असफलता प्रतीत हो रही थी, वह वास्तव में एक महान् सफलता थी।

इस विज्ञान के एक छात्र ने एक विशेष व्यापार संयोजन का निर्माण करने का निर्णय लिया, जो उस समय उसको बहुत आकर्षक प्रतीत हो

रहा था। कुछ सप्ताह उसने उस दिशा में काम भी किया। जब निर्णायक समय आया तो उसका प्रयास बुरी तरह असफल हो गया। ऐसा लग रहा था, जैसे कोई अदृश्य शक्ति गुप्त-रूप से उसके विरुद्ध कार्य कर रही थी! वह निराश नहीं हुआ। इसके विपरीत, उसने ईश्वर का आभार प्रकट किया कि उसने उसकी इच्छा रद्द कर दी और एक कृतज्ञ हृदय के साथ लगातार काम करता रहा। कुछ ही सप्ताह बाद उसके सामने इतना अच्छा और पहले से बेहतर अवसर आया, जिसके सामने उसने वैसे भी अपना पहला काम किसी कीमत पर स्वीकार नहीं किया होता। उसे समझ में आ गया कि एक बुद्धि, जो उससे कहीं अधिक जानती थी, ने उसे उस छोटे अवसर में असफलता दिलाकर इस महान् अवसर से वंचित होने से रोक लिया था।

इसी प्रकार, प्रत्येक प्रत्यक्ष असफलता आपके भी हित में कार्य करेगी, यदि आप अपना विश्वास बनाए रखेंगे, अपने उद्देश्य पर अडिग रहेंगे, ईश्वर के प्रति आभारी रहेंगे; जितना काम एक दिन में कर सकते हैं, प्रतिदिन करेंगे और अपना प्रत्येक कार्य पूरी कुशलता के साथ करेंगे।

जब भी आप असफल होते हैं तो इसलिए होते हैं, क्योंकि आपने अपने लिए पर्याप्त नहीं माँगा होता है। अपने कार्य करते रहिए और जिस चीज की आपको तलाश है, एक दिन उससे बड़ी और बेहतर चीज निश्चित रूप से आपके पास आएगी। इस बात को याद रखिए।

जब भी आप असफल होते हैं तो इसलिए होते हैं, क्योंकि आपने अपने लिए पर्याप्त नहीं माँगा होता है। अपने कार्य करते रहिए और जिस चीज की आपको तलाश है, एक दिन उससे बड़ी और बेहतर चीज निश्चित रूप से आपके पास आएगी। इस बात को याद रखिए।

आपके असफल होने का कारण यह नहीं होगा कि आपके पास उस

कार्य को करने के लिए आवश्यक प्रतिभा नहीं है, जो आप करना चाहते हैं। यदि आप मेरे दिए निर्देशों के अनुसार चलेंगे तो आपके अंदर हर उस प्रतिभा का विकास हो जाएगा, जो आपके कार्य के लिए आवश्यक है।

योग्यता या प्रतिभा के विकास का विज्ञान इस पुस्तक के दायरे में नहीं आता; लेकिन वह भी उतना ही आसान और निश्चित है, जितना धनवान् होने की प्रक्रिया है।

फिर भी, इस भय से संकोच या त्याग न करें कि एक विशेष स्थान तक पहुँचने के बाद आप योग्यता की कमी के कारण असफल हो जाएँगे। निरंतर बढ़ते रहें और जब आप उस स्थान पर पहुँचेंगे, योग्यता आपको प्रस्तुत कर दी जाएगी। योग्यता का वही स्रोत, जिसने अशिक्षित अब्राहम लिंकन को सत्ता में रहकर ऐसे महान् कार्य करने की शक्ति दी, जो कभी किसी ने नहीं किए थे, आपके लिए भी खुला है। आप अपनी जिम्मेदारियों को पूरा करने के लिए जितनी चाहें, उतनी बुद्धि उस स्रोत से ग्रहण कर सकते हैं। पूर्ण विश्वास के साथ बढ़ते रहिए।

योग्यता का वही स्रोत, जिसने अशिक्षित अब्राहम लिंकन को सत्ता में रहकर ऐसे महान् कार्य करने की शक्ति दी, जो कभी किसी ने नहीं किए थे, आपके लिए भी खुला है। आप अपनी जिम्मेदारियों को पूरा करने के लिए जितनी चाहें, उतनी बुद्धि उस स्रोत से ग्रहण कर सकते हैं। पूर्ण विश्वास के साथ बढ़ते रहिए।

इस पुस्तक का अध्ययन करिए। जब तक आपको इसमें समाहित सभी विचार पूर्ण रूप से कंठस्थ नहीं हो जाते, आप उन्हें भलीभाँति समझ नहीं जाते, इसे निरंतर अपने साथ रखिए। जब आप इस विश्वास में स्वयं को दृढ़ता से स्थापित कर रहे होंगे तो आपके लिए अपने अधिकतर मनोरंजन और सुख के साधनों का त्याग करना उचित होगा। आपको ऐसे स्थानों से दूर रहना होगा, जहाँ उपदेशों और व्याख्यानों के

माध्यम से परस्पर विरोधी विचारों का प्रचार हो रहा हो। नकारात्मक या विवादग्रस्त साहित्य न पढ़ें, न ही इस विषय पर चर्चा या बहस करें। इस पुस्तक की प्रस्तावना में वर्णित लेखकों के अलावा कुछ न पढ़ें। अपना अधिकतर खाली समय अपने विचारों पर मनन करने में, कृतज्ञता की भावना उत्पन्न करने में और इस पुस्तक को पढ़ने में बिताएँ। इस पुस्तक में वह सबकुछ है, जो आपको धनवान् बनने के विज्ञान के विषय में जानना आवश्यक है और सभी आवश्यक तथ्य आपको सारांश के रूप में अगले व अंतिम अध्याय में मिल जाएँगे।

□

17

सारांश

एक विचार तत्त्व है, जिसमें से सब चीजें उत्पन्न हुई हैं और जो अपने मूल रूप में रिसता रहता है और ब्रह्मांड के बीच के खाली स्थानों में फैलकर उन्हें भरता रहता है।

इस तत्त्व में उत्पन्न होनेवाला विचार उस चीज का सृजन करता है, जिसकी छवि विचार बनाता है।

मनुष्य अपने विचार में किसी भी चीज की छवि बना सकता है और अपने उस विचार को निराकार तत्त्व तक प्रेषित करके उस चीज का प्रत्यक्ष रूप में निर्माण संभव कर सकता है।

ऐसा करने के लिए मनुष्य को प्रतिस्पर्धात्मक प्रवृत्ति से रचनात्मक प्रवृत्ति में आना चाहिए। ऐसा न करने पर वह निराकार तत्त्व के साथ सामंजस्य स्थापित नहीं कर पाएगा, जो सदैव रचनात्मक भावना में रहता है, प्रतिस्पर्धात्मक भावना में नहीं।

मनुष्य को निराकार तत्त्व से जो वरदान प्राप्त होते हैं, उनके लिए मन में जीवंत और सच्ची कृतज्ञता की भावना उत्पन्न करके उसके साथ पूर्ण सामंजस्य स्थापित कर सकता है। कृतज्ञता की भावना मनुष्य की बुद्धि को निराकार तत्त्व के ज्ञान के साथ एकरूप कर देती है, ताकि मनुष्य के विचार निराकार तत्त्व द्वारा ग्रहण हो जाएँ। मनुष्य रचनात्मक

धरातल पर निराकार तत्त्व के साथ एक गहरी और निरंतर कृतज्ञता की भावना के माध्यम से एकरूप होकर ही रह सकता है।

मनुष्य को उन सभी चीजों की एक स्पष्ट और निश्चित मानसिक छवि बनानी चाहिए, जो वह पाना चाहता है या जो वह बनना या करना चाहता है। इस छवि को उसे अपने मन में स्थापित कर लेना चाहिए और साथ ही सर्वोच्च शक्ति के प्रति इस बात के लिए आभारी होना चाहिए कि वह उसकी सब इच्छाएँ पूरी कर रहा है। जो मनुष्य धनवान् बनना चाहता है, उसे अपना खाली समय इस छवि के बारे में मनन करके और गंभीरता से इस बात के लिए आभार प्रकट करके बिताना चाहिए कि उसे वास्तव में वे चीजें प्राप्त हो रही हैं। मानसिक छवि का बारंबार मनन करने और अडिग विश्वास एवं भक्तिपूर्ण आभार व्यक्त करने के महत्त्व पर बहुत अधिक जोर नहीं दिया जा सकता। यह वह प्रक्रिया है, जिसके माध्यम से निराकार तत्त्व पर प्रभाव उत्पन्न किया जाता है और रचनात्मक शक्तियों को सक्रिय किया जाता है।

मनुष्य को उन सभी चीजों की एक स्पष्ट और निश्चित मानसिक छवि बनानी चाहिए, जो वह पाना चाहता है या जो वह बनना या करना चाहता है। इस छवि को उसे अपने मन में स्थापित कर लेना चाहिए और साथ ही सर्वोच्च शक्ति के प्रति इस बात के लिए आभारी होना चाहिए कि वह उसकी सब इच्छाएँ पूरी कर रहा है।

रचनात्मक शक्ति स्वाभाविक विकास और औद्योगिक व सामाजिक व्यवस्था की स्थापित प्रणाली के माध्यम से कार्य करती है। जो कुछ भी उसकी मानसिक छवि में समाहित है, वह उस मनुष्य तक निश्चित रूप से आएगा, जो इस पुस्तक में दिए निर्देशों का पालन करेगा और जिसका विश्वास अटूट रहेगा। जो कुछ भी वह प्राप्त करना चाहता है, उसके

पास स्थापित व्यापार और वाणिज्य के माध्यम से आएगा।

अपनी चीज को अपने पास आने पर प्राप्त करने के लिए मनुष्य को सक्रिय होना आवश्यक है। उसकी क्रियाएँ ऐसी होनी चाहिए, जो उसे उसके स्थान से बड़ा बना दें। उसे अपने मन में अपनी मानसिक छवि को वास्तविक रूप देकर धनवान् बनने का उद्देश्य रखना चाहिए। उसे प्रतिदिन वे सभी कार्य करने चाहिए, जो वह एक दिन में कर सकता है और ध्यान रखना चाहिए कि वह प्रत्येक कार्य को पूरी कुशलता के साथ करे। उसे प्रत्येक व्यक्ति को उपयोग मूल्य में उससे अधिक देना चाहिए, जो वह नकद मूल्य में प्राप्त करता है, ताकि प्रत्येक सौदा अधिक जीवन का माध्यम बन सके। साथ ही, उसे जीवन में प्रगति का विचार इस प्रकार थामकर रखना चाहिए कि वृद्धि का प्रभाव हर उस व्यक्ति तक संचारित हो, जो उसके संपर्क में आता है।

वे सभी स्त्रियाँ और पुरुष, जो इस पुस्तक में दिए निर्देशों का पालन करेंगे, निश्चित रूप से धनवान् बनेंगे और जो समृद्धि वे प्राप्त करेंगे, वह स्पष्ट रूप से उनकी मानसिक छवि, उनके उद्देश्य की दृढ़ता, विश्वास की स्थिरता और कृतज्ञता की गहराई के अनुरूप होगी।

□□□